Valeria Szebinski

AF138801

Hitzefrei

oder: Menopause? Nicht für mich!

Buttenheim, 2018

TWENTYSIX – Der Self-Publishing-Verlag
Eine Kooperation zwischen der Verlagsgruppe
Random House und BoD – Books on Demand
© 2018 Szebinski, Valeria
Herstellung und Verlag:
BoD – Books on Demand, Norderstedt.
ISBN: 9783740749774

Eine Frau ist pausenlos Frau.

Marfies von Ebner-Eschenbach

1 Hitze?

Eigentlich kam ich mit Sandra immer gut klar. Ihren Männergeschichten lauschte ich stundenlang, lachte mich mit ihr über die Typen schief, fühlte mit ihr, wenn wieder einmal einer gegangen... wenn sie wieder einmal einem den Laufpass gegeben hatte.

Auch bei Björn! Die große Liebe! Ganz-in-Weiß im dritten Monat. Das Kleine „so süß" und „Familienleben ist doch was ganz anderes als ewige Party". Überhaupt: „Hausfrau ist angesagt". Außerdem: Wie man nur so „karrieregeil sein kann wie Evi. Da läuft doch das Leben an einem vorbei."

Nach einiger Zeit blieb Björn länger bei der Arbeit als seine Arbeitskollegen ihn sahen. Nur weil „sie" jünger war... „Lars ist noch nicht mal 15. Björn kann doch nicht einfach mit diesem Flittchen..." Das Flittchen überstanden Sandra und ich lässig. Lars im Hotel Mama spielten wir x-mal durch und Lars wohnte immer noch im Hotel. Er musste Aufgaben übernehmen: Montags brachte er den Mülleimer zur Straße. Und manchmal ein Mädchen mit nach Hause.

Jetzt war alles anders. Sandra hatte die Hitze. Wellen, Wogen, ein ganzer Ozean. Früher konnte sie sich über das Rote Meer nicht genug beklagen. Es habe bei ihr die Ausmaße des Atlantiks angenommen. Plötzlich erschienen die Gezeiten unregelmäßig. Nach Ebbe und Flut ließ sich nicht mehr die Uhr stellen geschweige denn das Kalenderblatt.

Musste frau so wortreich werden? Was zählte denn die biologische Uhr, wenn man ein großes Kind hatte und unbeschwert Single spielen konnte?

Mir klangen Christines Worte aus dem „Bistro Babylon" im Ohr, wo sich die Donnerstagsgruppe traf. Jetzt erschien Chrissi mit zu schwarz gefärbten Haaren und auffällig strahlenden Augen, für deren Kreise 360° nicht ausreichten. Früher beharrte sie auf ihrer genetisch bedingten Amusikalität, nun flötete sie: „Ach, jetzt ist alles so einfach. Sex ohne Angst. Man darf, wann man will… Hihihi!". Man merkte sofort, dass sie mit einem genialen Witz rausrücken wollte: „Ich meine natürlich, frau darf, wann sie will…"

Sandra bleckte die Zähne – wir saßen ausnahmsweise mal montags in unserem schnuckeligen Café an der Hauptstraße: „Und mann muss…" Dann lachten wir alle drei ganz herzlich. Die anderen Gäste blickten irritiert und fürchteten, dass wir nicht nur uns vor Lachen ausschütteten, sondern auch gleich unseren Caffè Latte.

„Caffè Latte?!" Chrissi erstickte fast… „Wenn ich nur Latte höre, werde ich schon scharf."

„Und das ganz angstfrei…"

„Wie wäre es mit dem Typ da drüben?"

Aber dieses Gesicht verhieß keinen Knackarsch und mit fünfundfünfzig durftest du wählerisch sein. So alt war Chrissi vor zwei Jahren, eine Generation über uns. Heute zählte sie 42 Lenze, präsentierte sich wie 34 und verwies auf eine Taille wie 17.

Waren das die Zahlen, die Männer anmachten? 42, 34, 17? Setzte Chrissi das ins Internet?

Zurück zu Sandra, zurück zur Hitze. Sandras Klimi-phobie erinnerte mich an Mutti und ihre Kittelschürze, die die Aura eines Präservativs verbreitete. Das Wort „Hitzewellen" schnappte ich nur zufällig auf. „Klimakterium" verwendete mein Vater passend zur Basis einer guten Ehe der 60er emotionsfrei – oder umschiffte es ganz.

Mamas Kaffeekränzchen vermochte ich kaum zu überhören. Durch unsere Wohnung zitterte eine Larmoyanz, die sich bei den Dämchen ausbreitete wie eine lokale Epidemie. Mit meinen Freundinnen bevorzugte ich Cafés. Dort konnte jede hören, wie lustig wir waren, wenngleich kein Gast wusste, worum es ging. Ich fürchtete, einige meiner besten Freundinnen auch nicht. Lachen als Selbstzweck. Das klang bitter.

„Aber bitte mit Sahne..." hechelten wir als wiederkehrenden Witz. Petra begann damit. Petra besaß drei Jungs und einen echten Mann... Notgedrungen verfügte sie Fußballerbilder. So legte sie betont unauffällig neben ihre Tasse ein Fußballersammelbild und blickte Beifall heischend in die Runde: „Aber bitte mit Sahne..." Ihr wohlgefälliges Summen steckte uns an.

Kichernd zeigte Petra auf Leroy Sané, den Fußballer: „Schaut ihn euch an: Sané, aber völlig kalorienfrei. Das Muskelpaket spielte im Modemekka Manchester. Zweiundzwanzig, das passte uns. Als Petra uns aus der Zeitung mit neckischen Betonungen vorlas, er spiele offensiv, spielten wir lüstern mit den Lippen. Sie flüsterte: „Sané bevorzugt die Außenpositionen"... Wir kringelten uns unhörbar, wie seine Wuschelhaare: Tantra?! Dieser Mann bringt's! „Ohne Fettpölsterchen...!" Wir kreischten. Babylon erbebte. Man hätte uns als Animationskräfte bezahlen können.

Zurück zu Muttis Kaffeekränzchen. Genau gesehen befand sich Mutti damals in meinem Alter. Über welche Themen hechelten sie wohl? Ein räumlich vorgestelltes „über" produziert ein „darunter". Auch sie redeten über etwas, über das sie nicht redeten, weil es darunter lag. Können Männer so etwas überhaupt verstehen? Können meine Freundinnen so etwas überhaupt verstehen? Ich bräuchte einen intellektuellen weiblichen Swingerclub, Partnerinnenwechsel beim geistigen Austausch.

„Denken besitzt eine erotische Komponente." Mein Mann zitierte angeblich wichtige Philosophen. Bisher spottete ich insgeheim darüber, er wollte von seiner gelinde ausgedrückt Zurückhaltung im ehelichen Bett ablenken. Oder gibt es ihn doch, den geistigen Orgasmus, wenn man sich total versteht? Unter Frauen, versteht sich. Mir fiel bisher keine ein, aber ich swingte auch nicht.

Sprach ich nicht gerade von Petra? Oder noch von Mutti? Ach ja, Muttis Kaffeekränzchen. Ab und zu schaute ich mal rein. Frau hatte ja Erziehung!

„Nein, bist du groß geworden!"

„Eine richtige Dame… hihihi!"

„Und, was manchen die Jungs? Bei dir steh'n sie sicher Schlange…"

„Deinen Friseur musst du mir mal verraten. Der ist ja eine Wucht!"

„Was für eine aparte Kleidung! Natürlich, mit deiner Figur …"

„Ich sag es ja: Figur und Frisur machen die Frau…"

Die letzte Bemerkung dozierte Frau Helmreich, die selbsternannte Philosophin dieses erlauchten Kreises. Manche ihrer Sprüche waren gar nicht so schlecht… Die mit Frisur und Figur zum Beispiel. Ich hatte sie mir immerhin über Jahrzehnte gemerkt.

Jahrzehnte?! Das schreckte mich auf. Jahrzehnte? Bin ich jetzt so alt wie diese Frauen? Nach Zahlen ja, aber als Person? „Man ist so alt, wie man sich fühlt." Ein stupides Seniorenbonmot. Aber „frau" ist so alt, wie sie sich fühlt, klang nicht besser. Allein das Wörtchen „alt" vergiftete alles.

Kaffeekränzchen! Die Gesichter waren mir entschwunden. Meine visuelle Erinnerung streikte, bis auf die kastanienbraunen Haare von Erika. Eine

Wucht! Erst viel, viel später, als sie vermutlich bereits zu ihren grauen Haaren stand, wurde mir klar, dass das kein Naturbraun war. Aber schön war es trotzdem."

„Damen" nannte sie meine Mutti. Auch Vati titulierte sie so. Heute gälte das als Beleidigung. Ich müsste mal auf meine Bilderalben zurückgreifen, später, am Nachmittag.

Jetzt wollte ich erst mal in die Stadt.

2 Tellerwetter

Gregor ist unmöglich! Keine Frau kann es mit diesem Mann aushalten. Er konfrontierte mich unangekündigt mit meiner Schwiegermutter. Die war das Letzte, was ich brauchte. Er wollte am Wochenende hinfahren.

„Am Wochenende? Du willst die einzige gemeinsame Zeit, die wir haben, mit deiner Mutter zerstören?!"

Auf meine fünfundzwanzig Ausrufezeichen, die ihn warnen konnten, antwortete er mit unterkühlter Computerstimme: „Was ist plötzlich los mit dir? Es ist doch normal, seine Mutter ab und zu mal zu sehen."

„Deine Mutter?" keuchte ich: „Ab und zu? Ein Ödipus bist du!" Meine Stimme beeindruckt mich. Wild wie Wotan.

„Ödipus? Mein Vater lebt noch und ich besuche alle beide gleichzeitig. Schlage praktisch zwei Fliegen mit einer Klappe!"

„Jetzt will der Herr noch witzig sein?!" schleuderte ich ihm entgegen. Verständnislos schüttelte er den Kopf, den hohlen. Gregor verstand sowieso nie was. Er schüttelte praktisch alle meine Worte aus seinem Kopf. Ich bräuchte etwas Durchschlagendes!

Aus der Küche sah ich ihn im Wohnzimmer stehen. Meine Hand fühlte etwas: meine Kaffeetasse! Ich müsste ihm mehr als nur Worte an den Schädel schleudern. Blitzschnell flog mein gutes Stück hinüber. Mit dem Kaffee. Der Feigling duckte sich. Die Tasse traf statt des Kopfes nur die Schrankwand hinter ihm. Der Kaffee verteilte sich auf die Bücher.

„Sag mal, spinnst du?" schrie er.

Mich schreit niemand an! Der Teller flog hinterher. Gregor tanzte wie Rumpelstilzchen. Das Geschirr zersplitterte zu seinen Füßen.

„Hast du sie nicht alle?" brüllte er.

In meinem Haus brüllt niemand! Der nächste Teller zerschellte am Bücherregal. Jetzt ein Messer! Das wär's! Zwei Schritte zur Küchenzeile, Messer raus und... Die Haustüre knallte. Der Hasenfuß floh!

Feigling! Mit Gregor kannst du nicht reden. Er wird aggressiv oder er flieht. So einen Waschlappen frau braucht nicht!

Wohlige Wärme durchströmte mich. Ein heilsames Tellerwerfen, fast therapeutisch. Nicht, dass ich Therapie bräuchte. Ich bewegte mich voll im normalen Bereich. Aber was für ein geiles befreiendes Gefühl! Ich hatte meine Emotionen gezeigt, mein Innerstes nach außen gedreht, nach außen fliegen lassen! Nach Jahrzehnten der Unterdrückung brach sich die Tiefe meines Herzens den Weg ins Freie. Ich fühlte mich wie ein Vulkan, der ausgedrückt wird. Nein, Vulkane brechen aus, Pickel werden ausgedrückt. Aber so fühlt sich Befreiung an: Wenn der Pickel ausgedrückt wird... Das tut sooo gut! Wenn du dann noch was spritzen siehst – o.k., Pickel, das war damals, das war Pubertät, aber die Erinnerung erwachte.

Existieren in der Seele Pickel und Vulkan gemeinsam? Was lange unterdrückt wird, explodiert!

Herrlich! Die Freiheit, Teller zu werfen hätte ich mir schon früher nehmen müssen. Man müsste bei Paarberatungen Tellerwerfen einüben. Mit dem Mann als Zielscheibe. Hihihi! Auch ich kann witzig sein. Witziger als Gregor zumindest.

Gregor! Der Fehlgriff meines Lebens. Ein Mann ohne Rückgrat. Ein Muttersöhnchen.

Ich fühlte mich gut.

Noch besser fühlte ich mich am Abend. Gregor kehrte zurück. Mit einem Blumenstrauß. Einem bunten, großen Blumenstrauß. Was Teller alles bewirken können! Oder das Koffein im Kaffee, der durchs Zimmer spritzte? Die Blumen offenbaren sein schlechtes Gewissen. Er hatte mich so mies behandelt!

„Hier mein Schatz, alle deine Lieblingsfarben…"

Was wollte er mir damit sagen? Vorsichtig versuchte er, mich zu küssen. Ich reagiere allergisch auf Blumen, sie schwächen meine Abwehrkräfte. Naturgemäß landeten wir im Bett. Teller werfen!, so heißt das Rezept. Stimmungsschwankungen, Libidoverlust, alles Quatsch. Ich war nicht in den Klimajahren.

3 Anmache?

Geh nie zur Mittagszeit einkaufen, schon gar nicht, wenn du bummeln willst. Welcher Teufel ritt mich, es doch zu tun? Der Teufel der Langeweile? Oder der Gott der Unabhängigkeit. Ungeschriebene Gesetze unausgelasteter Familienmütterchen: Weshalb sollte ich mich daran halten? Ich bestimmte selber über mein Leben und musste mich nicht in Schablonen pressen. Wenn ich mittags bummeln gehen will, gehe ich mittags bummeln.

Zuhause brauchte mich niemand. Als Tim zur Welt kam, glaubte ich, eine Mutter bleibe am besten in den Kinderjahren bei ihrem Nachwuchs. Ich habe es nicht bereut. Aber jetzt? Niemand ruft mehr meine unbegrenzte Verfügbarkeit ab. Jetzt passte ein Job mit übersichtlicher Stundenzahl? Nicht des Geldes wegen, nein, aber es gibt so viel Leerlauf - und außerdem, vielleicht träfe ich Kollegen und könnte über neue Themen sprechen.

Zugegeben, das fiel mir etwas spät ein, ich hatte es lange vor mir her geschoben, aber da müsste es doch Möglichkeiten geben.

„Au!"

Welcher Volltrottel...!!! Eine plötzlich geöffnete Autotür stoppte mein Bummeln, riss mich aus Gedanken und Träumen. Welcher Idiot hielt links am Straßenrand und stieg blind aus, voll in mich hinein?

Aussteigen in mich hinein? Aussteigen... Ein paar Millisekunden lang träumte ich. Aber die Wirklichkeit verschaffte sich Gehör. Nein, kein Trottel quetschte sich aus dem Kleinwagen, sondern ein ansehnlicher Mann. Was für ein Mann!

Ein Schnittchen hatte mich gerammt! „...gerammt"? Ein Rammler? Wie witzig! Sollte ich den Rammler detailliert beschreiben? Das klappte sowieso nicht, weil ich bei Bildbeschreibungen immer versagte und die Wirklichkeit nicht mit nüchternen Worten wiedergegeben werden kann. Ihn zierten keine langen Ohren, kein pinkes Schnäuzchen und kein Kuschelfell. Weshalb musste ich bei einem Rammler und Unfallgegner ans Kuscheln denken?

Anders ausgedrückt: Er sah einfach süß aus. Tim behauptete, Männern dürfte man so etwas nicht an den Kopf werfen, das beleidige sie. Aber denken durfte ich es wohl noch. Außerdem musste er nicht Tim gefallen, sondern mir.

Ein kurzer Man-Scan: Etwa in meinem Alter, also Mitte dreißig. Scherz! Naja, wenigstens fühle ich mich so. Ein Mann in der Mitte seines Lebens. Als er sich völlig aus seiner Konservendose gewunden hatte, zeigte er zwar nicht seinen überragenden IQ, ließ aber seinen Knackarsch sehen. Hallo Männerbeauftragte! So etwas darf man doch nicht aussprechen! Hihi, aber denken darf es frau doch. Er brauchte eindeutig keine Markenklamotten um sich zu präsentieren, zeigte sich aber lässig gekleidet und gepflegt. Gerne hätte ich noch seine Hände studiert, die Nägel und so... das verrät viel über Männer, aber zu so viel Scan reichte es noch nicht. Im Stillen nannte ich ihn John. Eine Filmfigur, das passte.

War ich eigentlich wütend, ärgerlich, aufgebracht über dieses unmögliche Verhalten?

„Können Sie nicht in den Spiegel schauen?" knirschte mein Mund, mein Denken überholend. Zynisch dachte ich: Das machst du nur, um dich zu bewundern. Ich kenne euch narzisstischen Dreitagebarttypen! Ich war im Recht und genoss es, in die Vollen gehen zu können.

„Voll die falsche Fahrbahnseite! Dafür gibt es Verkehrsregeln! Genau wegen solchen Rowdies!" Diesen Knackarsch als Rowdy zu bezeichnen, ging ein bisschen weit.

„John" blieb keine Zeit, sich auf mich einzustellen. Nicht gegen mein rasches Mundwerk! Parallel könnte ich ihn *kuschselig* knutschen, aber jetzt war Kampf angesagt, den ich bereits gewonnen hatte. „Führerschein von dem Oma gesponsert und dann Formel-1-Imitator spielen!" Hah! Geile Formulierung.

„John" richtete sich auf – mühsam aus der Hocke; er entfaltete sich quasi wie eine zusammengelegte Serviette, schaute mich verdattert an und begriff noch nicht, was um ihn herum vorging. Menschenmassen drängten herbei und zückten ihre Handys, um das Geschehen ins world-wide-web zu schicken. Nein, hier kämpften nur wir beide. Keine Szene für Gaffer.

„Tut mir leid!" stammelte er. Er checkte noch nichts. In seinen Augen erschien ich wie eine Sternschnuppe, vom Himmel gefallen. Ein nettes Bild. Ich als Sternschnuppe… „Shooting Star" nannte eine süße Jugendband in Tims Jugendzentrum ihren Sternschnuppenpunkrock.

Ich war die Sternschnuppe, er der harte Boden, auf den ich prallte.

„Tut mir leid! Ich hatte es eilig. Da hab' ich wohl nicht aufgepasst... Echt sorry!" Auf „echt sorry" reagiere ich aggressiv. Aber diese Hundeaugen!

„Jaja, Eile mit Weile, hat schon meine Urgroßmutter gesagt. Hat Ihnen das Ihre Mama nicht beigebracht?" Was sagte ich da? Das klang voll nach Mama. Ich machte mich alt. Nein! Jetzt kam ich schon wie meine eigene Oma daher.

Über Johns Gesicht breitete sich ein Grinsen aus. Strahlend wie die aufgehende Sonne über dem Indischen Ozean: „Eile mit Weile! Kenne ich. Und statt nur schnell was zu erledigen, bleibe ich hier stehen wie ein Uhrzeiger, wenn die Batterie leer ist."

Ich starrte ihn an: „Welchen Lyriker spuckte denn hier seine Kutsche aus. ‚Batterie leer', das klingt..."

„Entschuldigung! Ich meine nur, jetzt hab ich auch keine Zeit gespart und fürchte, ich muss eine Wiedergutmachung leisten."

„Wiedergutmachung? Die Zeit lässt sich nicht zurück drehen und der Schmerz und der Schreck..."

ER lächelte. Wieso „ER", wieso nicht einfach „er"? Welchen Schabernack spielte mir mein Unterbewusstsein? Er lächelte also. Auf die Reaktion war ich gespannt: „Tut mir leid, ich meine nicht, ich fürchte, sondern ich hoffe: Darf ich Sie zu einem Kaffee einladen? Grad da drüben in der Bäckerei?"

Was war denn das für eine Anmache?! Oder meinte er es ernst? Steffie, das lotest du jetzt einfach aus! Oder träumte ich und er hatte es nicht wirklich gesagt? Manchmal lassen sich Wunsch und Wirklichkeit kaum auseinander halten.

Aber was konnte ich verlieren? Keiner wartete auf mich. Etwas Bestimmtes hatte ich nicht vor und er war süß, nicht nur von hinten. Außerdem: Ich bin erwachsen. Er ist erwachsen. Was ist denn dabei?

„Das ist auch das Mindeste!" hörte ich eine Stimme sagen, die ich als meine identifizierte.

„Darf ich wohl falsch parken?" Aber die Frage galt nicht mir, die stellte er pro forma nur sich selbst. Er stieß lässig die Wagentür zu und verschloss sie. Dann hakte er mich unter und wir... nein, er hakte mich nicht unter. Ganz zivilisiert überquerten wir die Straße und ließen uns beim Bäcker nieder. Ich wünschte einen Cappuccino und für sich brachte er einen

Espresso mit. Da stimmte doch gleich das Rollenverhalten. Aber wie geht so etwas weiter?

Ich merkte kaum, über was wir redeten. Ich merkte nur, dass ich meine Finger erst einmal wegzog, als er seine Hand darauf legte, dann aber wieder griffbereit positionierte. Die Themen flatterten an mir vorüber, aber vorsichtig verstärkte sich der Händedruck.

Auf dieses Signal hin verabschiedete ich mich. Eine verheiratete Frau und Mutter sollte nicht mit einem jungen Mann flirten, der ihr... äh, Bruder sein könnte. Am Mittwoch könnten wir uns wieder treffen. Er musste noch das ein oder andere, was er behauptet hatte überprüfen. Was hatte er denn behauptet?

Auf alle Fälle strebte ich nach Hause, denn ich wollte doch diese Bilder suchen, diese Bilder, bei denen... Mir schwirrte der Kopf. So benebelt lebendig war ich schon lange nicht mehr. Zuhause benötigte ich einen Hugo und einen bequemen Sessel zur seelischen Stabilisierung. Ein paar Clips heißer Erinnerungen flimmerten durch mein Hirn, und mit einem Mal stand George vor mir.

4 Auszeit

George! Wie genoss ich diesen kurzen Trip damals nach London. Der Start um 6 Uhr früh brachte meinen Biorhythmus durcheinander. Mein Biorhythmus war mir heilig. Aber London war stärker. So ist das mit dem Heiligen. Da erscheint immer wieder Stärkeres. Kein Wunder, dass sich Gott nicht durchsetzen kann. Manche Sachen bringen mich eben in Bewegung.

Herrlich, keine Heilige zu sein. „O when the saints are flying in..." Er hieß George. Das war fast wie Gregor. Aber Gregor war nicht dabei. Der freche kleine Engländer...

Abflug bei Sonnenaufgang! Romantik pur. Die bunten Lichter der Großstadt unter dir, das Halbrund, das der Flieger dreht. Du siehst die lange Tragfläche, die manchmal schier am Boden kratzt. Die Autoschlangen zeigen dir: Stau auf der Erde. Aber freier Flug im Himmel.

An die Anwohner beim Flughafen durfte frau nicht denken. Sie hätten halt nicht herziehen sollen. Ach, sie waren schon vor dem Flughafen da? Dann... das Leben geht eben weiter. Wir vegetieren nicht mehr in der Steinzeit.

Was für ein herrlicher Blick über die rötlichen Wolken und auf das morgendliche Land, das immer wieder durchschimmerte. Mit 700 km/h und ohne Ampeln und Stau kommst du ziemlich schnell ziemlich weit. Bei der Ankunft schien die Sonne, aber die Menschen schienen noch im Morgenmodus. Aus einer Flughafenbäckerei kroch köstlicher Backwerkduft und vermischte sich mit dem Aroma von frischgebrühtem Kaffee. Ich wählte ein Croissant. Der junge Mann neben mir ebenfalls. So kamen wir ins Plaudern. George kam aus Manchester. Berufliche Gründe hielten ihn einige Tage in London.

„Was empfiehlst du mir denn für vier Tage?"

„Tower, Big Ben, Tower Bridge, London Eye, Greenwich..."

„So viel kann ich mir gar nicht merken..."

Smiling George: „Soll ich vielleicht eine kleine Stadtführung für dich machen? Dann kenn ich noch ein nettes Pub in Soho. Das würde dir gefallen."

Sightseeing? Pub-Seeing? Ich war dabei. London ist ein Abenteuer wert. Ich brachte meine Sachen ins Hotel und er sein Zeug in das Appartement, in das er sich einquartiert hatte.

Treffpunkt: Die Brücke über die Themse zu St. Paul's Cathedral. „Harry Potters School! Ein guter Start. In Laufweite von deinem Hotel."

Dem Koffer entnahm ich die richtige Kleidung, also Kleidung, die zu meinen erwachten Gefühlen passte: Frühling. Ein luftiges, tailliertes Kleid, unten weit ausschwingend, in frischem Grün und leichtem Gelb. Ich fühlte mich wie ein Schmetterling, als ich zum Treffpunkt flatterte.

London mit Georges Augen: ein Erlebnis. Wir lachten über seine einfachen Späße beim Auge, das London bewacht, wanderten über die Brücke zum Großen Benjamin, wie er scherzte. Beim Blick hoch zur großen Uhr spürte ich ihn plötzlich hinter mir. Ich musste mich nur ein bisschen zurücklehnen und er umfasste mich. War das schön!

Als wir zum Tower schlenderten, hielten wir schon Händchen. Auf der Towerbridge stoppten wir und blickten zur Themse. Touristenströme hinter uns, unten am Ufer, große Aussichtsboote auf dem Fluss. Er drehte mich zu sich, sah mir kurz in die Augen und küsste mich. Ein Blitz durchzuckte meinen Körper.

Liebe auf den ersten Blick? Nein, zum Glück nicht. Abenteuer auf den ersten Blick! Ich genoss es ohne

Reue. Abends bei den farbigen Lichtern vom Piccadilly-Circus umschwärmten uns Busse und Autos. Lord Nelson hoch über uns hielt die Wacht. Zur Kneipe ging es wie in einem Labyrinth mehrere Treppen in den Keller hinunter. Schummrige Beleuchtung, eigentümliche Cocktails, schmusige Musik, zu laut zum Unterhalten. So sprachen die Hände. Mein Handy ruhte ausgeschaltet im Hotel. Das durfte so bleiben.

Vom Frühstückmachen verstand George nicht besonders viel. Es fehlten auch die Zutaten. Da böte mein Buffet im Hotel mehr. Aber der Kaffee stimmte.

Er musste zur Arbeit, ich fuhr ins Hotel, gönnte mir ein zweites Frühstück und holte dann den Schlaf nach, den ich mit George versäumt hatte.

Vier herrliche Tage – ohne einen Tropfen Regen. Oder wenn, dann merkte ich es nicht.

Als mein Flugzeug abhob, spürte ich, dass auch das mir gut tat. Ein Abenteuer mit Anfang und mit Ende und mit einem guten Gefühl. Ich tankte in London auch als Frau auf.

Die Zeit ging weiter. Mit ihr stellten sich die Fragen nach dem Umbruch, der sich verborgen in uns ereignete und den wir so sehr fürchteten. Was heißt Hitze auf Englisch? Ah ja, heat. „The heat is on?"

„The times, they are a-changing, " and what about the changing-years? Ich sollte nicht trübsinnig werden. Ich konnte am Rad meiner Zukunft immer noch ein Stück selbst mitdrehen.

Vom Flieger aus hatte ich eine tolle Sicht auf die weißen Klippen und den Kanal. Dann die Wolken immer tiefer und wir immer höher. Seltsam, wenn alles unter einem weiß wie Schnee ist. Man möchte aussteigen und sich in Watte betten. Aus der flachen Wolkendecke ragten kleinere oder größere Zipfel, Wipfel, Gipfel heraus. Kein Blick mehr nach unten, kein Blick mehr zurück, kein Blick nach vorne...

Über den Wolken zu gondeln beruhigte, durch das gleichmäßig brummende Fluggeräusch abgeschirmt von allen Turbulenzen des Alltags. George hinter mir, Gregor vor mir und ich alleine mit mir selbst. Daran erinnerte ich mich oft, wenn ich plan- und ziellos durch meine Tage wackelte und dackelte.

Ob Gregor was gemerkt hatte? Mir fiel nichts auf. Ich selbst fühlte mich, als hätte ich einen Teil meiner Weiblichkeit wieder gewonnen.

Sollte ich wieder einmal wegfliegen, abheben, das Umfeld wechseln in diesen Jahren, vielleicht in den Süden, in die Hitze, vielleicht nach Kalifornien in die Wellen... Meine Güte, war ich witzig! Fast schon peinlich. Gut, dass niemand meine Gedanken mitstenographierte. Gut, dass ich diese lyrischen Formulierungen keinem Social Medium anvertraute, so dass die Welt davon überschwemmt würde. Wort-Sintfluten ergießen sich genug durch das weltweite Netz. Ich könnte Bloggerin werden, „Blog of heat"... Aber wie macht man so etwas? Für meine Freundinnen schriebe ich den „Blog of cheat". „Heat", „Cheat"… da türmen sich gerne halbgare Gags.

Hülfe das meiner Selbstfindung? Reime auf „heat", wie z.B. „meat", entweder, dass ich zu viel Fleisch aß oder ein bisschen „male meat" bräuchte oder gar ein Man-Meeting. „Seat" klingt auch einladend: Meinen „Seat" im Leben, wo ich hingehörte, mit Wechselbezügen: vor dem Krisenpunkt „K" zum Wechsel der Bezüge nach den blutigen Tagen, nach „K" zum Wechseln des Stils. „Cheat" hatte ich schon: Lästern mit Freundinnen über Freundinnen ist zwar nicht erotisch, hat aber was Befriedigendes. „Wheat":

Ernährungsumstellung, was für die Figur tun, jugendlich schlank auch nach „K", „Wheat" gegen Kummerspeck, „feed wheat" als Ernährungskonzept. „Beat" zählt mit zu dem Besten: Schlagen, ich schlage dem Schicksal ein Schnäppchen, ich schlage mal richtig rein, wenn mich jemand nervt, ich schlage mein nächstes Kapitel im Leben auf, links und rechts als Wechselschlagen... und der richtige Rhythmus. „Beat" gehört in die Generation meiner Eltern, aber es gibt Rhythmen, die vitalisieren.

Nein, Stopp! Das regte zwar an, aber ich hatte schließlich kein poetisches Problem. Ich hatte gar kein Problem, sondern die anderen unterstellten es mir. Darüber ärgerte ich mich, darüber erhitzte ich mich.

5 Hektik oder Romantik?

Genug gefläzt. Ich erhob mich gemächlich aus meinem grünen Sessel. Hektik tötet. Was wollte ich noch mal? Ach ja, Bilder von Mutti und ihren Freundinnen. Vorher aber noch einen Kaffee.

Oder einen Likör? Ich grinste und bedauerte es außerordentlich, mit niemandem diesen Scherz zu teilen. „Likör"! Mein running gag als Karikatur der zu kurz gekommenen „Damen". Da gab es diesen

Kaffeelikör mit dem Verschluss, der wie ein orientalischer Palast aussah... kriegt frau den noch? Oder fiel er den Wechseljahren zum Opfer? Ich blieb bei einem Kaffee. Kein Gläschen Eierlikör.

Schnell noch eine CD! Von einem richtigen Mann! Marius Müller-Westernhagen, Herbert Grönemeyer, Peter Maffay, Konstatin Wecker, Udo Lindenberg... Nee, Lindenberg schied durch seine Affinität zu Likör aus. Plink!: Campino, der passte jetzt. Obwohl mich Musik mit verständlichen Texten leicht vom Thema ablenkte.

Überlegung: Mit Muttis Musik käme ich ihren Kaffeekränzchen näher. Beim Thema Knackarsch beschränkte es sich auf Mick Jagger. Mich überraschte damals das Bekenntnis einiger der betulichen Kränzchen-Dämchen zu den Rolling Stones, meist den härteren Sachen. „Angie" durfte nicht fehlen, aber „Sympathy for the Devil" auch nicht. Carolines Augen leuchteten, als ob sie es bei „diesem Konzert" bis in Mick Jaggers Suite geschafft hätte. Dabei konnte sie von ihrem Platz aus nicht mal ihr Höschen auf die Bühne werfen. Ihre elfenhafte Figur verschaffte ihr einen Sitzplatz auf den Schultern ihres Verehrers.

Ob sie beim Schmachtblick auf Mick wohl noch ihr Höschen anhatte...?

Unglaublich, was entwickelte ich für Phantasien?! Das sollte frau mit meiner Reife hinter sich haben. Oder zeigte sich daran der Klimawechsel? Einem On-dit zufolge wird man oder besonders frau da noch mal so richtig scharf. Oje, beim Gedanken an heute Abend kam mir keine scharfe Phantasie. Mr. Kleinwagen vergaß ich lieber.

Also die Rolling Stones! Mutti schwärmte von dem Konzert in München, mit Papa und mit Höschen. Mich deponierten sie bei Tante Maria. Das Höschen unterstellte ich mal einfach. Ich wollte mir so etwas bei Mutti einfach nicht vorstellen. Vati und Mutti blieben Vati und Mutti, basta! Aber ihre Freundinnen?

Ich legte „No security" ein. Nicht meine Musik, aber ein bisschen scharf, wenn ich mir Mick Jagger vorstellte. Jetzt aber weg von den Stones, her mit den Bildern.

Ich pries Gregors Akribie. Beim Thema Haushalt versagte er völlig. Aber jetzt profitierte ich von seiner nachvollziehbaren Ordnung. Die Bilder sammelte er natürlich im Gästezimmer.

Dort verstauten wir alles, was nicht in die Gegenwart gehörte – Vergangenheit und Zukunft.

Das Gästezimmer betrat ich vorwiegend zum Bettenbeziehen und –abziehen. Die Luft stand stickig – das änderte sich kaum, auch wenn ich das Fenster kippte. Das Bild über dem Gästebett stammte noch aus Gregors und meiner ersten gemeinsamen Wohnung: Die „Golden Gate Bridge" in der Abendsonne. Gab es bei Ikea wie auch die Hälfte unserer Grundausstattung.

Die „Ausstattung": Vielleicht die größte Fehlinvestition der Generation meiner Eltern. Die Nachkriegsindustrie verdiente sich eine goldene Nase an Dingen, die unsereins nie brauchte. Wie viele Goldbarren lassen sich eigentlich aus einer Nase stanzen? Mir persönlich reichte durchaus die Nase eines einzigen Kriegs- und Ausstattungsgewinnlers: Einschmelzen und zu Geld machen. Nasengeld quasi.

Gregor rückte mit einem fast vollständigen Silberbesteck an. Seine Patin schenkte ihm jährlich ein Teil – designed im Stile der Zeit seiner Taufe. Und die lag zum Zeitpunkt unseres Zusammenziehens bereits ein halbes Jahrhundert zurück. Heute müsste man ohnedies andere Strategien benutzen. Wer lässt seine

Kinder schon taufen? Ohne Segen lebt es sich lässiger. Wozu brauchen wir eine göttliche Instanz, vor der man sich zu verantworten hätte? Daher ließen wir Tim nicht taufen. Aber bei anderen Typen wünschte ich mir, dass sie sich vor einer göttlichen Instanz zu verantworten hätten. Ich möchte hier keine Namen nennen! Denn da könnte ich nicht so schnell aufhören.

Egal, ob man Silberbesteck braucht oder nicht, altmodisches bestimmt nicht. Aus Silber? Das klingt nach Märchen und wertvoll, aber es nervt, mit dem ganzen Putzen und so. Gregor brachte zwar Silberbesteck mit, aber wir setzten es Null Komma Null mal ein. Auch aktuelles Besteck kann man sich leisten. Falls wir doch noch heiraten würden, gäbe es einen Hochzeitstisch im angesagten Küchengeschäft...

Hochzeitstisch! Wie pervers! Da kauft ein Pärchen quasi imaginär ein, präsentiert dies seinen Gästen, die sich für die Einladung revanchieren müssen und total erleichtert sind, dass auf dem Hochzeitstisch nur das landet, was die Brautleute sich wirklich wünschen. Man kann nicht daneben liegen. Man kann sie allerdings auch nicht überraschen. Und, was mich als Frau besonders enttäuscht, man kann nicht zeigen, wie gut man sie kennt und wie gut man mit seinen

Geschenken ihre Sehnsüchte erreicht. Hochzeitstische! Wie unromantisch. Welche Frau will das?! Silke beglückte ich mit einer Gemeinheit. Mit dem Herzen einer hassenden Frau schenkte ich ihr süßlich lächelnd („Liebe, wie schön das mit euch Zweien ist! Möge dies eure romantischen Winterabende bereichern!") eine goldverpackte Feuerzangenbowlenausrüstung. An solchen Geschenken brechen komplette Ehen auseinander. Die von Silke überstand immerhin neun Jahre. Dann konnte sie trotz Feuerzangenbowle nicht mehr mit der netten, kleinen *Sexytärin* mithalten. Gegen giftige Geschenke bildet ein Hochzeitstisch beim heimischen Küchenladen ein echtes Bollwerk.

Ich sollte das mit mehreren Ausrufezeichen bei Facebook posten („öffentlich"): „Keine Frau will Hochzeitstische!" und später „Jede Frau will, dass ihre geheimen Bedürfnisse erkannt und erfüllt werden." Männern verstehen so etwas leicht falsch: Wir Frauen haben auch materielle Bedürfnisse, nicht nur erotische.

Freilich, momentan überstiegen meine erotischen Bedürfnisse meine materiellen bei weitem. Über Hab und Gut verfügte ich ausreichend. Erotisch bot mir Gregor einiges, doch deckte unser „eheliches

Liebesleben" meine Phantasien nicht ganz ab. Die Einzelheiten gingen niemanden an. Höchstens Gregor. Aber ein Mann muss seiner Frau das abspüren!

Und wo fände ich jetzt die Bilder von meiner Mutti und ihren Freundinnen? Vermutlich drüben bei den klobigen Fotoalben im Stil der 70er.

6   Hitzekaffeekränzchen?

Stimmt! Auf Gregor war Verlass. Sein Ordnungssystem durchschaute ich mühelos: Typisch männlich! Wie unromantisch. Freilich praktisch: chronologisch. Zeitabfolge numerisch. Das war bei Mutti und ihren Freundinnen nicht ganz einfach: Geht es um die Zeit, in der die Bilder aufgenommen wurden oder um die Zeit, in der sie bei uns landeten.

Männer! Banal sortierte er nach Aufnahmedatum. Ungefähr, denn Mutti lieferte so etwas nicht mit. Er war auf Ahnungen oder sporadische Notizen angewiesen. Gut, dass Mutti ab und zu ein paar Namen auf die Rückseiten kritzelte. Da ahnte ich wenigstens, um wen es ging.

Pustekuchen! Als ob mir diese Namen etwas sagten! Die Liste ihrer Peergroup! Ich kannte ein paar Gesichter, aber Namen? Mutti erzählte mir erst etwas, wenn die Damen schon gegangen waren. Da konnte ich Namen und Gesichter nicht mehr zuordnen. Zudem hielt sich mein Interesse damals in Grenzen.

O, da entdeckte ich mich? Nein! Das sollte niemand sehen. Mutti knipste: „Das hast du doch was, wenn du älter bist. Erinnerungen!"

Älter! Ich packte die Bilder und ging ins Wohnzimmer zurück, um in aller Ruhe in die Vergangenheit einzutauchen. Ja, die Damen gehörten auch zu meiner Vergangenheit. Vor zwanzig Jahren, meinetwegen auch dreißig dachte ich nicht im Traum daran, dass ich einmal in ihr Alter käme. Die Damen von damals waren heute schon alte Frauen, aber ich…

Nein! Mein Hirn befahl mir, klar zu denken: Muttis Freundinnen erschienen mir seinerzeit alt (das musste Mutti ja nicht wissen), aber sie waren so alt wie ich heute. Aus meiner Sicht war ich nicht alt. Man ist so alt, wie man sich fühlt – und ich fühlte mich jung. Jünger zumindest als diese unreifen Gören, die heutzutage ihre Kinder in die Krippe brachten und in zweiter Reihe parkten, wenn ich es eilig hatte.

Ich lümmelte mich auf die Couch, einfach bequem. Das Wohnzimmer, ach, das ganze Haus gehörte in dieser Stunde mir allein. Gregor kam erst um halb sechs und Tim tummelte sich mit seinen Freunden üblicherweise bis Mitternacht. Ich sehnte mich nach der Zeit, wo er vernünftig würde und... Krächzend tönte die Stimme von Mutti durch die Stille „Du warst auch nicht anders!". Gefolgt von einem hohlen Lachen: „Mach dir keine Hoffnungen..." Ihr Lachen schepperte wie in einem Verlies...

Also, Mutti, jetzt schau ich dich an. Damals, mit 47. Deine Freundinnen strahlten mich an: „Ei schau mal, Vally, siebzehn Jahr, blondes Haar, ein Traum von einem Mädchen. Fünf Jungs an jeder Hand, oder?! Ja, wenn man noch mal so jung sein könnte...." Und dann servierte die Gastgeberin Kaffee oder Likör oder eben die Mischung von beidem.

Vor mir lagen die Bilder, die Beweise. Ich konnte mich auf die Couch fläzen, die Beine anziehen und die Bilder durch meine Finger gleiten lassen. Ich lächelte Mutti an: „Hast du mich eigentlich schon um diesen tollen Ring beneidet, den mir Gregor auf unserer letzten Urlaubsfahrt an den Finger steckte? Ein Bernstein mit einer Käferchen drin: ‚Bernstein ist verewigtes Leben. Was da drin steckt, vergeht nicht! Und so ist es mit meiner Liebe zu dir.'

War das nicht romantisch? Hat Vati jemals so etwas zu dir gesagt?"

Vati verkörperte für mich das Unromantische. Ich mochte ihn, ich liebte ihn, aber er wirkte so… naja, wie die Männer damals halt.

Jetzt hockte ich also auf der Couch und betrachtete die alten Fotos: „Mutti! Schau nur, diese Bilder von dir. Schon damals eine fremde Welt für mich. Und heute? In einer anderen Zeit, aber im selben Alter? Was hast du damals gefühlt, Mutti? Was haben deine Freundinnen gefühlt, als es um die ‚Hitze' ging?"

Mutti schwieg. Ich blieb allein auf meiner tollen Couch. In den Erinnerungen formten sich Filmsequenzen: „Sie hat die Hitze…" klang es von nebenan aus der Küche. Ein Tonfall von oben herab. Manchmal mitleidig. Oder ich hörte Angst heraus, als könnte es anstecken. Aber die Hitze verbreitet nicht als **angste**ckende Krankheit. Sie schleicht sich in diese Jahren heran und keine weiß, wann… Manche behaupten, jede Schwangerschaft schöbe die Hitze hinaus… Und bei Frauen mit zwanzig Kindern? Wie in Südamerika? Kriegen die erst mit achtzig die Hitze?

Die Damen lagen vor mir auf dem Couchtischchen aus dunkler Eiche. Was für herbe Frisuren: Nester und Dauerwellen... Und die Kleider! In unzähligen Brauntönen variationsreich gestreift. Aber: uniform.

Ich studierte die Gesichter. Frauen in meinem Alter? Unbestechliche Fotos. Alle etwa Ende vierzig oder – iiiibrrrgrrrhuuuuch! Fühlten sie sich jung? Wollten sie noch was vom Leben? Oder von Männern? Von ihrem Mann? Von einem Abenteuer?

Auf mich wirkten diese Gesichter immer alt. Nicht wegen Falten oder eingefallenen Wangen, nein, durch das Zeitlose... also alt. Selbst auf Bildern als zwanzigjährige junge Frauen wirkten sie zeitlos, ohne Alter und damit auch ohne Jugend.

„Oh Mutti, wie schwer komme ich in dein Alter hinein! Schau, die blonde Freundin neben dir. Halblange Haare, zur Abwechslung ein blaues Kleid. Super Kontrast zum hellblonden Bubikopf! Die präsentiert sich anders! Frech geschminkt, knallrote Lippen, violetter Lidschatten. Aber schnappt sie sich damit einen Mann außer ihrem eigenen? Will sie das überhaupt?"

Mutti schwieg in unserem fiktiven Gespräch.

„Ja, Mutti, das ist die Frage: Will sie das überhaupt? Hatten diese Frauen um dich herum Hunger nach Leben? Wie ich heute? Ich spüre Lebenslust, bin hungrig. Ehrlich: ich fühle mich wie... mit sechzehn! Erste Erfahrungen machen. Neues erleben, Überraschendes... Erfrischend. Jung sein! Ich liebe Gregor, wollte ihn nie verlassen, aber..."

Mutti blieb stumm.

„Spüre ich die Hitze? Was spüre ich euch ab? Da sitzt diese verklemmte Ines in der Ecke. Seltsam, dass mir ihr Name jetzt einfällt. Die hatte ich völlig vergessen. Auf mich wirkte sie immer verklemmt. Leblos, lustlos, mit diesem karierten Kleid! Aber: Steckte darin eine riesige Sehnsucht nach Leben? Ahne ich bei ihr einen Hunger nach Erotik? War sie verheiratet? Hatte sie Kinder? Das waren eure Themen. Aber heute spüre ich: Sie wollte mehr vom Leben. Sie bekam es nicht. Wie auch?! Wenn du was vom Leben willst, musst du es dir holen. Sie wartete... Da geht das Leben einfach vorbei."

Vor meinem Auge erschien ein hässliches Bild: An deiner Haustür klingelt das Leben. Arrogant und hochnäsig, wie manche deiner Bekannten. Dieses

Leben geht vorbei. Du schaust heraus und fragst: Leben, wann kommt endlich…? Das Leben lacht nur kalt und geht weiter. Es schaut nicht mal her! So ein Arschloch, dieses Leben. Ohne Mitgefühl! Was könnte das Leben alles für dich machen?! Aber nein, du musst es dir selbst machen!

Selbst machen? Peinlicher Gedanke. Das klang beschämend nach Dildo.

„Habt ihr so was gekannt, Mutti? Nein, ich will mir das nicht vorstellen. Vielleicht deine Freundinnen? Kannten die so was? Ein Gegenmittel gegen die Hitze: der Vibrator?

Ich betrachte euren Kreis. Wem würde ich… Nein. Nicht bei diesen Typen. Nicht bei diesen Gesichtern! Kein Mundwinkel zuckt erotisch, kein Auge glüht heimlich. Mein Gott, was für eine armselige Truppe!

An dem Punkt täuschst du dich, sagt mein Verstand. Ohne Sex gäbe es mich nicht. Auch diese Weiber spürten Sehnsucht nach Sex. Habt ihr vertraulich darüber geredet? Wie war das? Oskar Kolle, der große Aufklärer. ‚Helga‘, Aufklärung im Kino. ‚Dr. Sommer‘ von der BRAVO. Ein Fake würden, wir heute sagen.

Nein, es geht mir nicht um eure Jugend. Ich höre von der ‚Hitzn‘! Das ängstigt mich manchmal. Sandra killt mich mit ihren Ergüssen. Mir schaudert bei dem Gedanken, mir ginge es in ein paar Jahren, Monaten, Tagen, Stunden auch so.“

Mutti blieb stumm. Ich betrachtete noch mal die Fotos: acht Frauen auf einem wortwörtlichen „Kaffeekränzchen“-Bild. Ich kannte alle, wenn mir auch die Namen entfallen waren.

„Ihr seid fünfzig! Was wollt ihr vom Leben?!“ Sie antworteten mir nur imaginär. Zwei von ihnen könnte ich im Altersheim besuchen. Aber wie ging es ihnen dort? Sex im Altersheim? An dieses Thema wollte ich lieber gar nicht erst denken. Gregor war hier, Tim würde uns manchmal besuchen. Das reichte.

7 Schlaftablette im Haus?

Ein Geräusch! Es tat sich was an der Haustür. Schaute das Leben vorbei? Mein Leben hieß Gregor und ich wusste, er kam jetzt von der Arbeit. Ein lebendiger Mensch in meinem Leben!

Ich fiel Gregor fast um den Hals, begrüßte ihn mit einem Kuss. Ach, tat das gut, seine Wirklichkeit, ganz dreidimensional und lebendig!“ Ich drückte ihn ein bisschen fester als sonst. Vielleicht brauchte ich ihn noch einmal. Vielleicht sogar jetzt! Er blickte irritiert, aber ich servierte ihm gleich ein leckeres Abendessen Damit war die Gefahr vorbei.

Zunächst präsentierte ich wie üblich Brot, Butter, Wurst und Käse. Aber als ich ihm noch ein Bier hinstellte, runzelte er verwundert seine Stirn. Den Gerstensaft pflegte er sich selbst zu holen. Ich versteckte ein heimliches Grinsen: „Er fürchtet wohl, er hätte den Hochzeitstag vergessen." Aber den hatte er schon vor sieben Wochen vergessen. Das war nicht mehr aktuell. Er blieb verunsichert.

Als ich mit Tomaten, Mozzarella und Basilikum aufwartete, blickte er nachdenklich. Vielleicht fürchtete er, ich wollte das Eintreffen meiner Mutter ankündigen. Das Abendessen verlief in den eingefahrenen Bahnen. Sein zögerliches Fragen verriet seine Verunsicherung. Was war wohl los mit mir?

Wie üblich suchte er die Schuld bei sich. Vorsichtig lotete er alle kritischen Bereiche aus. Das inspirierte mich. Vielleicht erhaschte ich einen Einblick in seine heimlichen Gefühle. Zu meiner inneren Zufriedenheit deutete er nichts an, was mein

Misstrauen wecken könnte. Keine kleine Freundin. Das hätte mich gewundert. Eine Frau spürt so etwas.

Andererseits: Nicht mal der Hauch einer Affäre? War das ein richtiger Mann? Musste ein Mann nicht mal sein Interesse am anderen Geschlecht zeigen? Musste er nicht externe Erfolge aufweisen? Sollten mich nicht andere um meinen Mann beneiden? Wollte ich nicht einen Mann, an den andere sich ranmachten? Einen Mann, der sich nach anderen Frauen umschaute und feststellte: Meine ist doch die Beste?

Gregor beim Fremdgehen? Unvorstellbar! Eine Schlaftablette an meiner Seite? In der Wohnung und im Bett? Eine nette Schlaftablette, eine liebe und zuverlässige, aber ohne Feuer? Wo blieb mein Feuer? Was spürte ich in meinem Bauch?

Gregor verzog sich zum Zeitunglesen ins Wohnzimmer, während ich das Abendessen entsorgte. Meine Gefühle? Irgendetwas rührte sich in mir! Nein, nichts Seelisches. Etwas Körperliches. Etwas eindeutig Körperliches. Ich wusste nicht, was andere Frauen unter Hitze verstanden. Aber bei mir... Weshalb wird einem heiß? Weil die Sonne scheint. Weil der Ofen glüht. Weil man grade den Mann sieht, von dem man immer geträumt hat. Oder weil man sich ertappt fühlt und rot wird.

Was meinten diese verfluchten Weiber mit „Hitzn"?

Manchmal dachte ich: „Die sind bloß feige! Die trauen sich nicht, klar zu sagen: Ich bin heiß auf einen Mann! Ich bin heiß auf einen fremden Mann! Ich bin heiß und wenn ich tue, was ich will, geht mein ganzes Leben in die Brüche! Alles, was ich bisher aufgebaut habe, meine Beziehung, meine Ehe, meine Familie, alles geht den Bach hinunter, wenn ich jetzt mich dem hingebe, dass ich für einen Mann entbrannt bin."

Ich stellte mir so einen Mann plastisch vor, etwa als Vertreter, der im Außendienst Frauen kennenlernen konnte, der verstand, wie man sich beliebt machte, der auf sich achtete, gepflegt aussah, gut roch. So ein Mann erzeugte die Hitze in jenen Frauen, die sich nicht trauten, das auch zu sagen. Alternativ erschien der Briefträger oder der Paketzusteller, jemand, der sowieso vorbei kommt, ganz unverfänglich.

Vielleicht täuschte ich mich. Vielleicht wollten sie die Hitze als Feuer für den eigenen Mann erleben.

Mir grauste vor der Vorstellung, es wäre wirklich nur die Hitze. Ohne jede Symbolik, nur körperlich: Dir wird heiß und du kannst es nicht steuern. Dir wird heiß und du kannst es dir nicht erklären. Dir wird heiß und andere Frauen dozieren mit wissendem Blick und hörbarer Genugtuung: Dein Körper stellt sich um. Du hast deine Tage nicht mehr. Das Rote Meer gibt es nicht mehr. Die Malaria ist vorüber. Die rote Tante kommt nicht mehr vorbei. Die Tage, die Tage genannt werden gehören zur Vergangenheit: keine „kritischen" Tage mehr. Alles, worüber du geflucht hast, ist ausgewischt auf der Schiefertafel deines Lebensweges.

„Ihr Arschlöcher! Ihr garniert mir zynisch, dass ich keine Frau mehr bin! Alles, was mich zur Frau macht, ist jetzt vorbei! Mein Leben ist vorbei! Ihr redet nur meinen Tod als Frau schön! Männer kennen so etwas gar nicht. Die leben, bis sie sterben. Aber ich sterbe jetzt schon, als Frau!"

Unversehens drängte sich Christine in meine heimlichen Diskussionen: „Schätzchen! Jetzt darfst du erst so richtig aufleben! Du kannst Sex haben, ohne was befürchten zu müssen. Wie ein Mann! Du kannst mit zehn Männern hintereinander Sex haben: Nie mehr schwanger! Deinem Mann kann es egal sein!"

Was faselte Christine?! Mir ging es um das Frau sein. Konnte ich Frau sein ohne… Seit ich eine Frau war, war es immer so… und wenn es nicht mehr so wäre, dann wäre ich keine Frau mehr…

Aber ich war eine Frau. Und ich hatte sogar ein Date. Ein ungewohnter Thrill im Alltag.

8 Kleinwagencasanova

Ich kannte ein schnuckeliges Café in der Umgebung. Dort fanden auch Kleinwagen Parkplätze. Ein fast romantischer Treffpunkt.

Ich parkte meinen Wagen und trippelte über das unvermeidliche Pflaster der Fußgängerzone. Auch hier glänzte ein städtischer Baureferent durch Ideenlosigkeit. Mit meinen Schuhen wackelte ich bei den Rillen. Rein optisch gefielen mir diese unregelmäßigen Steine. So stark, kräftig, natürlich. Sie strahlten Persönlichkeit aus, anders als langweiliger Asphalt oder griesgrämiger Beton. Selbst neugepflasterte Wege wirkten wie Zeugen der Zeit. Du phantasiert über Menschen, die hier vor dir wanderten, vor fünfzig Jahren ein paar Mädchen in Hippie-Kleidern. In den goldenen Zwanzigern mit den geilen monströsen Hüten. Ende des 19. Jahrhunderts mit den knöchellangen Kleidern, bei den frau erotisch ihre Taille betonte. Ob hier eine junge Frau wie ich mit einem neckischen Sonnenschirmchen, einem „Parasol" paradierte? Vor den Augen der Männer an den kleinen Tischchen der Straßencafés. Gab es damals schon Straßencafés? Klar, van Gogh malte in Arles Cafés unter dem Sternenhimmel.

Auch die Frauen früherer Zeiten ersannen Mittel, bei den andern anzukommen, wahrgenommen, bewundert zu werden. Wenn die Natur nicht reichte, musstest du mit Assessoires nachhelfen. Meine Attraktivität im Evaskostüm kann ich auf offener Straße nicht wirken lassen. Ein Kartoffelsack auch keine Lösung. Also: Fingerspitzengefühl beim Outfit.

Du willst als Frau attraktiv sein. Aber du darfst nicht übertreiben. Es muss unaufdringlich sein, dein gutes Aussehen, wie mein grüner Rock und meine braune Bluse. Beim Schminken orientierte ich mich an der Chefsekretärin, also eindeutig, diskret und unnahbar. Wie wirkte das wohl auf ihn?

Diesmal rammte er mir keine Tür in den Bauch. Er näherte sich dezent. "Tut mir leid! Das Geschäft! – Keuch! Aber jetzt bin ich voll für dich da…"

Er winkte dem Kellner und bestellte einen Kaffee. Ein Tête-à-Tête. Was machte man da, oder frau? Typischer Womanizer. Empfindsam eröffnete er die Begegnung mit unverfänglichen Wetterthemen. Aber diese Augen? Da beginnt frau zu träumen... Weich und warm. Er verhieß Nähe und Verstehen. Verstehen? Was wusste ein Mann von der Hölle? Vom Bermudadreieck der Frauen in der Mitte des Lebens? Vom Gefühl, von der Hitze gepackt zu werden und zu erfrieren? Heißt Hitzn nicht zugleich, frigide zu werden? Dabei spürte ich nicht nur meine Brüste, als wäre ich sechzehn.

Zugegeben: Ich trug meinen lila Push-Up. Er schimmerte durch das helle Braun, aber er drückte auch. Nicht das Gefühl von zwei Männerhänden. Eine prickelnde Vorstellung. Aber wollte ich das? Was würde es für mich und Gregor bedeuten, für den Boden, auf dem ich stand und auf dem mein Lebenshaus gebaut war? Wollte ich um meiner erotischen Sehnsüchte willen mein starkes Leben aufs Spiel setzen? Mein tägliches Leben, mein sicheres Leben, mein ermüdendes Leben, mein mattes Leben, mein einschlafendes Leben? Diente mein Push-Up einer geheimen Push-and-Pull-Strategie?

Weg von diesen destruktiven Gedanken! Zurück ins Hier und Jetzt mit diesem attraktiven Mann!

„Wie unhöflich! Ich habe mich gar nicht vorgestellt. Ich heiße Reinhart. Und du?"

Reinhart also. Wie schön! Oder wie befremdlich. Passt so ein Name zu so einem Mann? Oder macht der Mann den Namen passend? Äh, jetzt war ich dran. Mir wurde heiß: „Stefanie."

„Stefanie? Wie melodiös..." Was für eine sanfte Anmache! Er begann zu plaudern. Beim Blick in seine warmen Augen entglitt mir jedes Wort. Ich hätte es nicht einmal automatisch wiederholen können.

Als Schülerin perfektionierte ich diese automatisierte Rettung: Hören ohne Zuhören und dann, wenn der Lehrer mir eine Frage stellte, seine letzten Sätze wiederzugeben. Das funktionierte. Es gab nur zwei Schwachpunkte: Erstens wusste ich später nicht mehr, was ich reproduziert hatte und konnte es weder in mündliche noch in schriftliche Beiträge einbringen. Zweitens konterte mancher Lehrer diese Methode mit einer schnellen Frage, in der ich das Reproduzierte anwenden oder paraphrasieren musste. Das klappte bei mir nicht. Durch die Schule navigierte ich als brave Schülerin dann doch durch Aufpassen, Nachlernen und Lesen.

Worum ging es gerade? Seine Augen signalisierten, dass er alles verzieh, auch jede Unaufmerksamkeit.

„Entschuldige, ich dachte grade an... Du weißt, die Sorgen einer Frau. Der nächste Frisörtermin..."

Er wusste es und verstand es. Wie angenehm.

„Was ich dir gerade erzählen wollte...", kündigte er eine spannende Geschichte an. Da spürte ich seine Finger auf meiner Hand und wie sie diese leicht umschlossen, als erhöhte er so meine Aufmerksamkeit. Das gelang, aber nicht für seine Geschichte, sondern für... Was wollte er? Was machte er? Was wollte ich?

Ein prickelndes Gefühl durchströmte mich. Ich blickte lieber nicht auf. Oder doch? „Also los, was hast du Spannendes zu erzählen? Ich bin ganz Ohr!" Ohr? Herzklopfen! Ja, mein Herz klopfte alle diese Bedenken aus mir heraus: Kein Wechsel in Schlaflosigkeit, Schwindelgefühle, Depressionen, die Frauen vor der Pause packen. Diese zarten, zielsicheren Hände heilten, ergossen sich wie ein Jungbrunnen über meine zagende Seele.

Seine Geschichte mit der Motorradfahrt durchs deutsche Mittelgebirge rauschte an mir vorbei, verwandelte sich in Hintergrundmusik.

Die Hände und das Herzklopfen! Das blieb mir auf der Rückfahrt. Halb mit Träumen von unerschlossenen Räumen, halb mit schmerzlichen Überlegungen, was ich in meinem routinierten Alltag machen würde, wenn ich Gregor und Tim wieder begegnete. Nichts war gleich! Ich hatte eine Handy-Nummer. Für den Notfall! Reinhart als Nothelfer!

9 Duschträume

Ich ließ das Wasser an mir herunterrieseln! Himmlisch. Nichts ist schöner, als entspannt zu duschen, wenn niemand im Haus ist und kein Termin wartet. Wenn etwas im Paradies fehlte, dann eine Dusche. Apropos Paradies: Ich stand da im Evaskostüm und musterte mich. Ein Blick an mir hinunter bewies: Du hast Figur gehalten, du wirkst jung, fast jugendlich, aber doch appetitlich reif. Die Brüste zierlich, die Schenkel glatt, nichts mit Orangenhaut! Zum Anbeißen, für meinen Geschmack. Das Wasser durfte mich streicheln, von oben nach unten. Ich kippte den Kopf nach hinten und spürte die Wärme, die an mir herunterfloss.

Wenn er mich jetzt sehen könnte! Würde er zu mir unter die Dusche kriechen? Mich abseifen, abrubbeln, abküssen? Als Adam in meinem Duschparadies?

Eine Frau in der vollen Blüte. Ohne Zweifel! Wenn ich mir die Zeichen des Welkens bei manchen Freundinnen vor Augen führte... Ha! Nicht bei mir. Ich achtete auf mich. Forever Young! Andere mussten drum kämpfen, viele verlieren, bei mir lief das.

Sanft streichelte mich das Wassers. Wie im Film, einer Werbung für Duschgel. Sanfte Musik. Die Tropfen perlen auf meiner perfekten Haut ab... Mein Mund verzieht sich zu einem entspannten Lächeln. Den Film könnte ich online präsentieren. Sollte ich eine Karriere als Model starten?

Mit welchen Augen betrachtete mich Mr. Kleinwagen? Ich fühlte seine Blicke auf mir ruhen. Er sah mich als Frau. Nicht als das Wesen mit den zwei X-Chromosomen, sondern eine Frau! Frau! In allen Fasern meines heißen Körpers. Ich spürte das Wasser wie seine Hände, ich spürte meine Brüste, meinen Bauch, meine Scham. Seine Männlichkeit resonierte in meinen Blutzellen, aktivierte meine Hormone und durchwallte mich. Er wallte wie ein Pilger durch alle Zellen meines Körpers zu mir als Göttin! Seine Wärme, seine Tiefe, seine Aura galt nur mir.

Ich drehte den Duschhebel in die blaue Richtung. Es wurde kälter. Ich genoss dieses kalte Wasser, das Wechselbad der Temperatur.

Wechselbad? Tauchte schon wieder dieses grauenhafte Wort auf? Wechsel! Das schockte wie eine kalte Dusche!

Wechseljahre! Wer oder was wechselte hier? Für meine Mama und ihre Freundinnen ging damit ihr Frausein unter - ein Weltuntergang ihrer geschlechtlichen Identität. Was für ein Wechsel!

Meine Freundinnen heute deuteten das neu: Da wechselte frau den Mann fürs Leben. Beispiele gefällig? Birgit, Annett, Paula und Svenja. Doch ihre neuen Männer konterkarierten für mich einen gelungenen Wechsel. Künstlich jung wirkte Birgit mit ihren orangeroten Haaren, Annett mit ihren schmalen kurzen Kleidern, Paula mit ihren philosophischen Themen, Svenja mit ihrem ungebundenen Campingwagen. Künstlich, wie Androiden.

Gibt es für Androiden eine weibliche Form? Was frage ich! Gregor, der kühle Klugmann erklärte mir bei meinem ersten Smartphone, „Android" sei das Wort für einen humanoiden Roboter und extrem sprachbewusste Menschen titulierten es auch als Gynoiden. Aber ein Handy weiblich zu gestalten sei doch sehr schwierig.

Genuin resultierte daraus einer unserer tollen Streite, denn ich bemerkte, er würde sein Mobiltelephon wesentlich häufiger streicheln als mich. Er konterte, damit verbände er andere Gefühle. Ich parierte, er empfände für mich überhaupt keine Gefühle mehr, wenn das Streicheln ein Gradmesser dafür wäre. In dieser Nacht kam es zu keinem Sex!

Manche meiner Freundinnen praktizierten ihre Partnerwechseljahre. Paula zählte nicht wegen Lars als Ex von Birgit; der schmallippige Sexualphilosoph erschiene unverdient doppelt. Er wirkte wie ein geiler Greis – ich konnte Birgit verstehen.

Meinen Gregor behielt ich, schon weil er wirklich klug war, manchmal ein bisschen aufdringlich, aber nicht so stupide wie Lars und Co. Gregor erklärte mir nachvollziehbar das Klimakterium von seinem sprachlichen Hintergrund her. Darin steckte Klimax,

Höhepunkt. So gesehen befand sich eine Frau in diesen Jahren auf dem Höhepunkt ihres Lebens. Kritiker witzelten, danach ginge es bergab, aber er sagte das nicht – und meinte es auch nicht. Er scherzte nur, bei gelungenem Sex wäre ein Orgasmus das perfekte Klimakterium.

Mein gezwungenes Lachen überspielte das heimliche Bedürfnis nach gelungenem Sex. Das behielt ich sicherheitshalber für mich.

Wenn meine Geschlechtsgenossinnen ein freudvolles Geschlechtsleben genossen, blieb die Frage: mit wem? Sie könnten es noch bereuen.

Das Liebesleben war bei mir noch nicht vorbei. Wechseljahre? Ihr könnt warten, bis ihr schwarz werdet. Vielleicht ließ die Regel mal auf sich warten. Ich war keine Menstruationsmaschine. Meine Regel war kein Computerprogramm. Wenn es mal nicht nach Plan verlief: Wie heißt es so schön? Die Ausnahme bestätigt die Regel. Das Ausbleiben bestätigte also die Regel. Noch Fragen?

Ich ließ das Wasser in den Abfluss laufen. Fast rituell dachte ich an Alfred Hitchcocks „Psycho".

Aus „Psycho" blieben ein paar Szenen bei mir hängen. Die Mumie im Keller etwa. Mein Gregor? Meine Mumie im Keller? Nein, das ginge zu weit. Das ablaufende Duschwasser erinnerte mich an jene Einstellung, wo das Wasser langsam dunkel wird und der Zuschauer zögernd begreift: Hier fließt Blut ab. Das Blut der jungen Frau unter der Dusche.

Das Wasser, die Duschwanne, der Abfluss – mein Wohlbefinden störten Gedanken aus dem Keller meiner Gefühle. Was wäre, wenn sich das Wasser nun rot färben würde, blutrot?

Nein, ich bin noch lange nicht in den Wechseljahren, auch wenn sich mein Duschwasser nicht rot färbt. Das würde momentan nicht passen.

Ich spürte einen leichten Ärger, dass mir das jemand unterstellen könnte. Gerade diesen Ärger musste ich unterdrücken, meine Gefühle im Griff haben. Ärgerliche Gefühlsäußerungen versteht man oft völlig falsch als launisch. Launisch assoziierte man mit den Hitzewellen. Die leichten Wellen, die an meinen Füßen vorbei strömten enthielten nichts als Wasser – und ein bisschen Wärme von meinen heutigen Erfahrungen. Diese Erfahrungen belegten –

leider konnte ich das niemandem erzählen -, dass ich keineswegs unter Libidoverlust litt.

Gregor war noch nie ein Don Juan. Er ließ mich nie spüren, dass ich die Prinzessin sei, die Frau auf dem Thron seiner Gefühle. Doch heute erlebte ich etwas Neues. Das Wasser läuft an mir herunter und ich fühle mich wie sechzehn. Es gibt mich noch, die Sweet Little Sixteen im Einfamilienhaus der Mittelschicht mit dem Mittelklassewagen für die Familie und dem Kleinwagen für die Gattin.

Liebesgefühle als Ausnahme? Die Ausnahme bestätigte die Regel und die Regel hieß: Meine Seele war noch sechzehn und mein Blick auf mich verriet: Äußerlich war ich höchstens Anfang dreißig, vermutlich deutlich jünger.

10 Hitze und Wellen

Mein Erleben, mein Nachdenken, Grübeln und Gruscheln in Bildern zeigte mir: Ich brauchte Abstand, ich muss weg, weg von hier. Ich muss klar sehen, klarer sehen. Inneren Abstand, aber hülfe da auch äußerer Abstand?

Ich gönnte es mir – mit Zustimmung von Gregor und einem Brummen von Tim. Eine Woche Auszeit.

Himmel über mir, Wasser unter mir und um mich. Herrlich, mitten im Mittelmeer, fern von dem Problem, das ich nicht hatte. Mit Blick auf Männer, die gut gebaut den Strand entlang schlenderten.

Schon bei der Landung grüßten Palmen und auf der Terrasse des Hotels wiegten sich die breiten Blätter wie Fähnchen im Wind. Willkommen im Paradies! Das gefächerte saftige Grün vor einem makellos blauen Himmel. „Keine Sorgen kommen bis hier her", der Fahrtwind hatte sie abgestreift. Nun schien mir die Sonne bis ins Herz.

Als Wohlfühl-Komponente leistete ich mir vor dem Abflug einen Bikini. Das Urlaubsfeeling begann, als er mir passte. Figur gehalten, überall!

Flankiert von breiten Palmen setzte ich die Wunderwaffe ein: Das herrlich strahlende Rot flimmerte über den Strand und kontrastierte das Blau von Meer und Himmel. Ein knalliger Bikini: Die Männer sollten was zu sehen bekommen, wenn sie schon stierten. Nicht, dass ich auf Männerfang ging, aber frau will bewundert sein. Das muss nicht im Schlafzimmer enden, wie manche Männer denken (und ihre Frauen fürchten).

Den Haken an der Show kannte jede Frau: geile Gaffer. Greise wabbelten mit ihren Hängebäuchen den Strand entlang, aufgequollen wie Pfannkuchen, die man in heiße Sessel geschleudert hatte, wie Wackelpudding auf den Stühlchen der Strandcafés, oder streckten auf der Stranddecke wie Brathähnchen ihre Fettmassen dem Glühstab entgegen, bis das Fett in den Sand hinunterrann. Geduscht von ihren Blicken müsstest du dich sofort waschen. Glitschig, klebrig.

Welche Unförmigkeiten glotzten dich an! Deine gute Figur bekamst du auch nicht geschenkt. Dafür musstest du schon was tun, regelmäßig trainieren. Die wohlfeilen Gaffer beschränkten sich aufs Mästen.

Aber wenn du als Frau Anerkennung willst, einen anmachenden Pfiff schätzt, zahlst du diesen Preis. Die flotten Jungs hielten nach guten Formen Ausschau - und strengten sich für den Waschbrettbauch an.

Im Hotel trug ich keinen Bikini.

Beim Essen durfte ich mir ein Plätzchen aussuchen, aber andre konnten mich meiden oder gezielt ansteuern. Beides ödete mich an. Am neutralsten erschien mir das Ehepaar im mittleren Alter. Auch sie wollten gerne alleine bleiben, aber in Stoßzeiten hieß es: „Ist hier noch frei." Bei mir wusste "man" mit der Zeit, dass noch frei war, wenn ich dort saß. Männerblicke enthielten entsprechend das Plakat „die ist noch frei" mit dem Untertitel „Freiwild". Die Hitzewallungen, die ich da bekam, hatten bestimmt nichts mit „K" zu tun. Ich war einfach nur sauer.

Die Emotionen der weiblichen Seite des Ehepaars konnte ich nicht leicht einschätzen. Natürlich musterten mich die beiden beim ersten Mal, mal will einschätzen, wem man beim Essen gegenüber sitzt, gerade, wenn man sich auch mal über persönliche Themen unterhalten will. Das Scanergebnis des Mannes schien recht positiv auszufallen, was Wolken über die Mimik der Frau wandern ließ.

Nachdem ich dezent, aber glaubwürdig durchblicken ließ, dass ich mich hier ausschließlich erholen wollte und dies auch für die Männerwelt gälte, stumpfte sein Blick ab, während ihre Stimme einem warmen Ton bekam. Jetzt drohte keine Gefahr mehr, mehr noch: vielleicht entpuppte ich mich als eine Verbündete in dieser Welt der nervigen Männer, den eigenen mitunter eingeschlossen. Außerdem: Ich war verheiratet und allein unterwegs. Das klang verheißungsvoll in den Ohren einer grauen Maus. Sie ahnte Futter zum Tratsch.

Vertraulich bot sie das „Du" an: „Ich heiße Evi" und steuerte zielstrebig das Thema „Männer" an, obwohl ihr Alter daneben saß. Bald provozierte sie mich, für die Männer zu argumentieren, weil ich sie so unfair fand. Ein richtiger Mann hätte diese XX-Kaskaden in XXL ohnedies mit dem Handfeger weggewischt. Aber Männlein ließ zu, dass sie sich an Männerkarikaturen ergötzte.

So lagen wir uns beim Frühstück quasi in den Armen angesichts dieser XY-Chromis um uns herum..

Beim Abendessen war ich froh, dass ich einschätzen konnte, bei wem ich mich niederließ. Am Buffet gab es wie immer zu viel Auswahl, was die Maße des Bikinis gefährdete. Freilich: Leckere Salate lösen manche Probleme.

Abends lud das Hotel zur Party. Leider ein No-Go für Mrs. Blaustrumpf: Das Männlein sperrte sich – optisch konnte frau sich ohnedies keine Siegeschancen ausrechnen, um es mal verschlüsselt zu formulieren.

Die Superfete veranstaltete sicherheitshalber das Hotel selbst. Schon am Ankunftsabend, als ich locker auf dem Balkon relaxte und aus Jux und Vorfreude meinen Bikini nur für mich allein genoss, spürte ich die wummernden Bässe. Nichts gegen Partys, im Gegenteil, aber warum wurde ich durch meine Buchung eines Hotelzimmers rechtskräftig verurteilt, den Musikgeschmack anderer Leute zu teilen. Deren Musikgeschmack, oft genug grässlichen Geschmack. Evi hätte es gefallen, aber sie musste ja mit Papi auf dem Zimmer bleiben oder ein braves Restaurant besuchen. Wie die sich wohl kennengelernt haben? Schlaftablette sucht Staubwedel?

Das effektive Mittel gegen den Proletenlärm hieß mitmachen. Sich ins Getümmel stürzen. Sollte ich? Mit meiner sommerlichen Kleidung passte ich bestimmt dazu, mit meinen lockeren Teilen. (Von Evi konnte ich mir leider nichts leihen, da war ja alles ein Evis-Kostüm, hihihi – aber bei ihr wäre selbst Reizwäsche verwelkt). Also ging's los.

Hatte ich es nötig, zu Rouge, Lippenstift und Lidschatten zu greifen? Nein! Ich setzte auf Natur pur. So gut musste ich doch noch aussehen... Außerdem wollte ich ja gar nichts.

Ich genehmigte mir noch einen Schluck Rotwein mit dem Aroma des Mittelmeers, der mich angetörnt hatte. Dann warf ich mich in Pose. Wenn du so was machst, musst du selbstbewusst auftreten, attraktiv und doch unnahbar. Die Fettklöschen mit ihren Mamselchen durften dich schier verschlingen, aber es musste sich eine unsichtbare chinesische Mauer zwischen ihnen und mir erheben.

Unversehens erschienen Risse im Boden, langsam nahm eine Linie Gestalt an, wurde höher und höher, aus riesigen Quadern geformt, wuchs über die Köpfe und trennte Diesseits und Jenseits. Diesseits war ich. Für die netteren jungen Männer galt dies auch, aber da verwandelte sich die chinesische Mauer in eine Hecke mit einer Gartentür, über die man schauen konnte und durch die man im Falle eines Falles... Doch solch einen Fall gäbe es nicht. Heute zumindest baute ich noch keine Fallen auf.

Hoch erhobenen Hauptes schritt ich zum angekündigten gesellschaftlichen Event, einige Stufen hinauf zur Dachterrasse. Dort umkreiste ich gemächlich den Swimmingpool und gelangte zum Party-Quadrat. Im schwarzen Himmel über mir funkelten Sterne, neben dem Pool ragten schmale mattgrüne Kakteen auf den Balustraden und ein paar breitgefächerte Mini-Palmen in Töpfen. Es wummerte unter mir –ich musste ein paar Stufen hinab. Dort, mit Blick über Bucht und Stadt wabbelte die lustbetonte Masse zur Humbahumbadiskomusik.

Hier sonnte sich die Volksseele bei Mondenschein. Man plauderte neben Pälmchen und Kakteen an kleinen Tischchen wie in einem Straßencafé und goutierte das Treiben oder man stürzte sich ins Gewühl, der wogenden rhythmischen Massen. Auch frau durfte sich stürzen. Mich packte der Wille zur Lust. Wild entschlossen, mein Leben zu leben, tanzte ich mit. Einfach für mich allein, manchmal schloss ich die Augen, um meine Bewegungen zu genießen.

Wenn ich sie öffnete, um nicht ganz den Kontakt zur Umwelt zu verlieren, tanzte mir gegenüber immer wieder derselbe junge Mann. Jung lässt sich ganz verschieden definieren. Ich schätzte ihn auf mein Alter. Heute war ich jung und er also auch.

Was macht manche Männer jünger als andere? Die Figur bedeutete mir überraschend viel. Er war schlank, ohne mager zu wirken. Er lächelte ganz natürlich und ungezwungen. Er bewegte sich leicht, locker, luftig.

Für ein Abenteuer wünscht frau sich so einen Typ. Jung, und du hast doch nicht das Gefühl, seine Mutter zu sein. O Gott!! Hier kam es wieder, kam es wieder, kam es wieder... Nein, ich war nicht alt, nein, ich gehörte nicht zum alten Eisen. Nein, auch wenn er jetzt zu der Kleinen neben mir schaute, er meinte mich mit seinen intensiven Blicken.

Das Mädchen blinzelte zurück, aber sie täuschte sich. Er wollte eine richtige Frau, nicht so ein unreifes Geschöpf mit kurzem Rock, zu langen Beinen, zu tiefem Ausschnitt, zu engem T-Shirt. Das Baby verstand sich nicht auf gelungene Dosierungen. Du darfst nicht plakativ kommen. Du musst, was du hast, dezent anpreisen. Wahrscheinlich musste er auf seine kleine Schwester aufpassen.

Ich betrachtete ihn genauer: Ein frühreifer Jüngling, der älter wirkte. Für meine Anforderungen fehlte ihm die entspannende Lebenserfahrung, die ich mitbrachte. Ich verfügte über genug Erfahrung um ihn rumzukriegen, wenn ich es drauf anlegte. Meine weiblichen Tricks beherrschte ich noch. Doch was will ich mit so jungem Gemüse? Sollte das Gör ihn haben. Mir läge er schwer im Magen, so unausgegoren.

Ich schloss die Augen und gab mich weiter dem wilden Rhythmus der Musik hin. „Born to be wild"...

Meine Mutter summte es manchmal, aber irgendwie mochte ich es doch. Wild wollte ich leben, wild wie die Pferde der Camargue. Ich hatte sie noch nie gesehen, aber ich fühlte wie sie. Mein Tanzen verwandelte sich in Taumeln, fast in Trance und irgendwann überkam mich die tiefe Sehnsucht nach meinem Bett.

Für die Nacht bedeckte ich mich nur mit einem leichten Laken, wie Marilyn Monroe, die nach eigenem Bekunden immer nackt schlief, angeblich nur mit Chanel 5 bekleidet.

Das Laken schützte vor dem Auskühlen. An meine Träume erinnerte ich mich am Morgen nicht, aber mein Gefühl war großartig. Auch ohne Chanel Fünf und Wasserstoffperoxid.

11 Tiefes Wasser

Nach zwei Tagen Strand reichte mir das süße Nichtstun. Im kalt gestylten Foyer des Hotels prangte unter den Veranstaltungshinweisen ein Plakat mit Exkursionen. Hübsche Bilder, lachende Gesichter. Wollte ich das? Mit den Gesichtern, die mich schon beim Essen verfolgten, einen ganzen Tag verbringen? Ich schaute in die Runde. Der da drüben mit dem trüben Blick? Die da vorne mit dem gepushten Vorbau? Die daneben, die mit ihrem geblümten Kleidchen jenseits jeder Geschmacksgrenze lag? Der mit der Glatze, in der sich das halbe Mittelmeer spiegelte? Nein, die nicht. So etwas machten die nicht.

Mutig buchte ich für den nächsten Tag eine Fahrt in die Eiszeit. Klang das nicht ein *bitzig* witzig? Vor der *Heißzeit* in die *Eiszeit*?

Nach dem Frühstück stoppte ein Bus vor dem Eingang. „Lumpensammler", in Papas Diktion. Der Bus sammelte die Kulturgesellschaft aus den umgebenden Hotels ein, quasi die Elite. Mich fröstelte dank der Klimaanlage des Buses. Mich fröstelte angesichts der Blicke der Herangekarrten. Je vier Augen pro Sitzbank starrten mich kritisch an. Jesus Christus! Auf was hatte ich mich da eingelassen? Lauter glückliche Ehepaare. Das alte Spiel: Männer, mich mit vorgetäuschter Teilnahmslosigkeit musternd, Frauen sprungbereit wie Wildkatzen zur Verteidigung ihres abtörnenden Reviers. Ich suchte Abwechslung und wollte keine alten Männer ihren alten Weibern abspenstig machen.

Die Männer um mich herum stammten aus dem Geschirrregal eines Junggesellen: eine Tasse trüber als die vorige... Was der Vorgängertasse nicht besser aussehen ließ...

Die Weiber stellte ich mir mit einem Mob und einem Besen bewaffnet vor: in einer Reihe, in großgeblümten Kittelschürzen, mit breiten pinken Haarbändern: Hausputzkolonne auf jugendlich getrimmt.

Lars, der Ex von Birgit und der Neue von Paula wartete gerne mit grenzwertigen Scherzen auf: „Die weist man an jedem FKK-Strand ab. Sie tragen Faltenröcke. Zwei pro Person. Als Nachfolgemodell ihrer Brüste..." Was für blöde Bemerkungen unter der Gürtellinie. Ich wette, sein Angstmodel war die ausgelutschte Weißwursthaut dort, wo sich sein Identifikationsmittelpunkt befand. Aber hier passte sein bösartiges Denken.

Die Männer blühten auf in ihren karierten kurzärmligen Hemden. Luft auf der nackten Haut, das erinnerte sie an Zeiten erotischer Berührungen. Aber keine Angst, Jungs, die Zeiten sind endgültig vorbei mit euren knochigen, behaarten Ärmchen.

Durch diese Blicke sprintete ich fast nach hinten… Das verängstigte junge Pärchen dort fühlte sich sichtlich deplatziert, ebenso wie die beiden einzelnen Männer mit stoischem Gesichtsausdruck. „Lasst mich bloß in Ruhe!" signalisierte ihre Körpersprache. Ja, ich passte in die Reihen mit „Einzelstücken" angesichts dieses Ladens mit Massenware.

Wenigstens musste ich mich neben niemanden setzen.

Der Reiseleiter zählte durch: „alle da?"

Ich erwartete das klassische chorische „Ja" aus dem Puppentheater. Stattdessen erklang ein schriller Ton von draußen.

„Wait" flehte die unvermeidliche Stimme aus der Hoteltür. Es verteilt sich auf Männer und Frauen gleich, ohne geschlechtsspezifische Unterschiede: Einer kommt immer zu spät.

Diesmal verfügte das keuchende Wesen über eine durchdringende feminine Stimme anglophonen Anhauchs.

„Don't wait! Fahr wejter!" schnaubte hinter mir eine halblaute Männerstimme. Den Sprachwitz verstand ich erst verzögert. Doch der Fahrer wartete professionell geduldig – unter seinen prähistorischen Vorfahren mussten Kamele und Esel gewesen sein, kein Mensch verfügt über eine solche Ruhe.

Mit Strohhut und tailliertem flatternden Blumenkleid geschmückt trippelte ein mittelalterliches Wesen übers Pflaster zum Bus. „O, thank you so much!" hauchte und keuchte sie, außer Atem. Der Reiseleiter lächelte berufsmäßig freundlich und sie suchte sich schnell einen Platz. Zum Glück schwebte sie an mir vorbei zu den hintersten Plätzen. Ich fürchtete, einer der Männer musste dran glauben.

„Now we are complete!" rechnete der Reiseleiter, „Let's get off!" So drückt sich zwar der gebildete Engländer nicht aus, aber durch den Bus hallte ein erleichtertes Seufzen: Es ging los.

Gemächlich zuckelte der Bus durch die mediterrane Landschaft und ich erfreute mich an exotischen Palmen und farbenprächtigen Oleandersträuchern. Hin und wieder passierten wir Orangenbäume, Agaven mit ihren spitzzackigen Blättern und den seltsam stakeligen Stielen. Auf grauen Äckern ruhten Olivenbäume... Und immer wieder glühte der blaue Himmel durch die Fensterscheiben Kraft in mich hinein.

Eine typische Mittelmeerinsel: Hatte man die Küste verlassen, erblickte man nach einer Kuppe oder hinter einer Kurve bald eine andere. Mangels Umgehungsstraßen kämpfte sich der Fahrer durch ein Kleinstädtchen, das sich über einen Berg von gefühlt zwanzig Metern ergoss. An den beigen Häusern bröckelte der Putz ab, die feuchte Luft ließ alles schnell altern. Enge, gepflasterte Straßen rüttelten uns durch. Von der Hauptstraße aus steuerte der Fahrer um eine Häuserecke auf eine steile Straße den Berg hoch. Der Bus begann zu keuchen, schaffte die Steigung kaum. Rechts und links vollgeparkt.

Plötzlich hupte es aus dem Nichts. Der Fahrer bremste abrupt ab: Direkt vor uns schoss ein Auto wie eine Harpune aus einem Haus. Quer zur Straße. Eine 90 Grad-Drehung in der Luft. Unser Fahrer blickte fast schläfrig, für ihn schien das normal. Ein Kleinwagen war aus einer Höhle gesprungen, einer Tiefgarage, deren Einfahrt steil abfiel. Hier rauszufahren schaffte man nur mit Anlauf, quasi als „Autogeschoss"...

Auch das Gefälle auf der andren Seite strengte den Bus hörbar an. Ich hätte ihm ein kühles Bier gegönnt.

Das erste Ziel nahte. Davon erwartete ich wenig. Der Reiseleiter pries es enthusiastisch als idyllische blaue Grotte an. Idylle mit meiner Gesellschaft?

„It is wonderful. The bluest water in the world. From everywhere come people to watch it. You will never forget."

Dann übertrug er es ins Touristendeutsch. „Das wunderbarste Wasser der Welt werdet ihr sehen. Alle Leute kommen hier her. Du wirst es nicht vergessen!" Vor mir ertönte aufgeregtes Gemurmel. Man schien sich auf Großartiges zu freuen. Der späten Reaktion nach zu schließen stammte die Mehrzahl der Mitreisenden aus dem deutschsprachigen Raum.

„Die Höhle ist doch ganz berühmt..."

„Unsre Nachbarn waren schon dort. Einmalig, sagen sie!"

„Ich hab es mal im Fernsehen gesehen. Das will ich selbst erleben."

„Blaue Grotte! Doesn't it sound marvelous? So romantic!" hüstelte eine Stimme von hinten, mit den üblichen englischen Überbetonungen.

„Vielleicht triffst du dort Dean Martin und reitest mit ihm übers Meer..." grummelte eine Männerstimme fast unhörbar als Kommentar. Trotzdem musste ich lachen. Zur Antwort lachte er auch ein bisschen.

Na gut, zumindest böten uns die zwei Reiter übers Meer einen anderen Anblick als der ewige Sandstrand. Der Reitlehrer verfrachtete uns in ein blaurotes Boot und verdonnerte uns zu einer grässlichen orangen Schwimmweste.

„Kann Leben retten...“ grinste er.

„Kann Augenkrebs verursachen...“ murmelte ich.

„Hihihi!“ erklang es hinter mir. Die dünne Engländerin verschwand fast in der Weste, nur das Röckchen zitterte um die Beinchen. Dann begab sich die verschworene Gemeinschaft von acht Abenteurern auf die große Fahrt.

Wir gondelten die Steilküste entlang, tiefblaues Meer unter uns. Wie ein Edelstein in Bewegung. Durch das klare Blaugrün erkannte ich am Meeresboden große Steinbrocken, an denen sich ein paar sehr kleine schwarze Fischchen tummelten.

Mit sanftem Schwung bogen wir um die Spitze der Landzunge: „Wow! Gigantisch!“ Der Anblick überwältigte mich. Hoch oben, fast im Himmel krümmte sich ein phantastischer Steinbogen wie eine natürliche Brücke, unter der wir hindurchgondelten..

Während ich gebannt auf diesen Felsen schaute, starrten alle Männer wie auf Befehl auf ihre Handys. Klar! Haltet das fest für alle Ewigkeit. Ihr seht es zwar nicht mit eigenen Augen, aber euer Handy fungiert als Augenprothese! Alter schützt vor Irrsinn nicht. Sie wirkten wie dressiert. Auf Handy dressiert.

In diesem Winkel des Meeres erlebte ich die Natur „live". Mich faszinierte der schmale, graubraune Felsen, der sich rissig über uns spannte. Dass dieser fragile Steinbogen überhaupt hielt und nicht auf uns herunter krachte!

„Passt auf, er stürzt herunter!" rief unser Führer. Unwillkürlich duckte ich mich. Aber er scherzte nur zur Hälfte: „Das war Spaß! Aber schauen Sie mal hinüber zu der anderen Insel. Dort krümmte sich bis letztes Jahr das 'blaue Fenster'. Ein Herbststurm stürzte es ins Meer. Wenn man drüberfährt, kann man durch das klare Wasser noch die Felsbrocken sehen."

Beeindruckend! Aber ich wollte das nicht live erleben, während wir so einen Bogen passierten.

„Hier spielten Korrosion und Erosion über eine lange Zeit zusammen. Die härteren Schichten blieben und die weicheren fielen Wind und Regen zum Opfer." Knapp und klar. Das verstand ich sofort, auch wenn das Wörtlein Erosion mich wieder an Erotik erinnerte und daran, dass auch eine Beziehung Wind und Regen ausgesetzt war und ausgehöhlt werden konnte.

In meinen Ohren klang die hohe, angespannte Stimme von Lars, der in Erwartung eines zustimmenden Applauses wohl kommentiert hätte: „Wow, was für eine weibliche Form. Da fehlt doch noch die männliche Entsprechung."

„Dann fahr doch nach Helgoland", hätte ich schlagfertig gegiftet „Leider heißt das Phallussymbol der roten Insel 'Lange Anna'. Ob du deinen so nennen würdest, wissen wir natürlich nicht!"

Dann hätten alle meine Freundinnen hämisch gelacht – außer Paula, für die Lars das Menopausenpräservativ war! Leider fiel mir kein vollständiger Satz zu Menopaula ein, aber ich fand es einen witzigen Ansatz.

Nach dem Bogen näherten wir uns einer Höhle auf Meeresspiegelhöhe. Geräumig genug, um ein Boot aufzunehmen. Mein Blick fiel aufs Meer neben mir:

Phantastisch! Tiefblau, dunkelgrün, türkis... all diese Schattierungen wechselten sich ab und blieben dabei transparent. Das ganze Meer wie ein Smaragd. Ich dachte an Waldmeisterwackelpudding, aber das klang nicht lyrisch genug.

Mitten im tiefgrünen Wasser tauchte plötzlich ein leuchtend gelbes rundes Wesen auf. Rund? Es fiel mir wie Schuppen von Fischaugen: eine Qualle! Bizarr in diesem farblichen Kontext des Changierens zwischen Blau und Grün.

Die Wände schimmerten in Wasserhöhe violett. Diese Verfärbung entstand bei der Verdunstung bei Salzwasser als eine seltsame Algenart. Jaja, sogar ich verfügte mitunter über Spezialwissen, dank des Hausfrauenfernsehens zwischen Frühstück zubereiten, abzuräumen und das Mittagessen zu kochen. Während Tim in der Schule war und Gregor im Büro, bildete ich mich eben übers Fernsehen weiter. Das enthielt den Vorteil, dass ich mich später mit Freundinnen darüber austauschen konnte, die ihren Vormittag genauso gestalteten.

Die Farben provozierten in mir lyrische Klänge. Die Farbe des Wassers wechselte wie unser Sein in den umstrittenen Jahren. Ein märchenhaftes

Changieren. Wie klänge „Jahre des Changierens"? Ich changierte, ich änderte meine schönsten Farben, mein Leben als Farbenspiel. So etwas konnten Männer nicht aufweisen. Die entfärbten sich, bis sie grau und eintönig waren.

Das Boot vor uns verließ die Grotte, das Boot hinter uns fuhr gerade hinein. Ich kam mir vor wie... auf dem Fließband. Ja, die Schönheit konsumiert man hier fließbandmäßig. Ist das nicht ernüchternd?

Ich sog die Farbwechsel ein, um sie für triste Tage mit nach Hause zu nehmen.

Im Boot war es stiller geworden. Diese unfassbaren Farben schienen selbst diese Krämerseelen zu durchdringen und mit Demut zu füllen. Auch die Handys verschwanden nach und nach.

Wir kehrten ziemlich ruhig zurück, passend zum Wasser, über das unser Boot glitt. An der Hafenbucht warf der Skipper das Tau um den Poller, sprang an Land und bot uns dann höflich die Hand – ich griff lieber zur Stange, die dort stand. Selbst ist die Frau!

Bald trudelten auch die anderen beiden Boote ein, auf die unsere Gruppe verteilt war. Durch die Mittagshitze stapften wir zum Bus hinauf.

Ein Essen war nicht eingeplant, zu meiner Erleichterung. Man hätte mir bestimmt keinen Einzeltisch reserviert. So eilten wir zum nächsten Höhepunkt. Mit der Melodie eines Jahrmarktschreiers stimmte uns der geschäftig plaudernde Reiseführer auf etwas Neues ein.

„Es wird geheimnisvoll und dunkel!" verhieß er. „Aber keine Angst, ich bin ja dabei..." und dabei schaute er mich an. Glaubte er, ich wäre ängstlich? Hoffte er, den großen Helden, den tapferen Mann für die schöne Jungfrau zu spielen? Diese Vorstellung schmeichelte mir, auch wenn ich so etwas bestimmt nicht provozieren würde. Wenn ich mich retten ließe, dann durch einen attraktiveren Mann. Ohnedies suche ich mir meine Retter lieber selber aus.

12 Höhlenbären

„Ich führe euch in die Dunkelheit! Oh, brr, gruselgrusel..." kündigte er im Tonfall eines orientalischen Märchenerzählers an. Klar: Vor uns lag eine Höhle. Würde mein luftiges T-Shirt und der leichte Rock für eine kalte Höhle reichen?

Ich spürte den warmen Wind, der mir unter das Shirt und den Rock wehte, mich mit seiner Wärme fast streichelte. Einer kalten Höhle hätte ich eine heiße Romanze bei weitem vorgezogen. Aber wo blieb der Kavalier?

Für den kurzen Weg in dieser Höhle reichte mein dürftiger Kälteschutz. Noch im Tageslicht wies uns der Reiseleiter auf Stalagmiten und Stalaktiten hin. Die konnte ich noch nie auseinanderhalten.

„Merkt es euch am ‚T‘." riet uns der Führer. „Ein großes T sieht wie ein Stalaktit aus, der von der Decke herunter hängt."

Eine gute Eselsbrücke.

„Das ist doch klar. Stalaktitten sind alt, also sehen sie aus wie die Titten einer alten Frau!" witzelte einer der Jugendgreise dazwischen und brachte etliche *Mitgreisende* zu einem spontanen piepsigen Gelächter. Die Höhle erstrahlte im roten Licht der Birne der Gattin des Witzemachers. Bei einem solchen Mann musst du rot werden. Seine Beifall heischenden Blicke in die Runde stießen auf Eis.

„Man wird doch wohl noch mal einen Witz machen dürfen..." murmelte der vermutliche AfD-Wähler, während unser Führer die Größe der Höhlenbären anhand der Höhe der Höhle demonstrierte. Die

Dimension beeindruckte mich. Einem Höhlenbären wollte ich definitiv nicht begegnen.

Mittels einer auf die Felsen gelegten Leitung „leuchtete" alle paar Meter eine Baufunzel. Es war zwar nicht gruselig, aber man musste aufpassen, nicht zu stolpern. Da man mit diesen Funzeln kaum was sehen konnte, beleuchtete der Führer mittels seiner zitternden Taschenlampe ein paar Knochen.

„Hier wurden etliche Fossilien liegen gelassen. So sah es aus, als man sie fand..."

„Wir könnten hier auch ein paar Fossilien liegen lassen" murmelte einer der Männer.

Ich verkniff mir das Lachen, dachte mir aber, dass wir anschließend mit einem Kleinwagen weiterfahren könnten. Die englische Lady schien jünger zu sein als ich, aber man hätte sie noch als Fossil anerkannt – wenn meine Hintermänner und ich und vielleicht noch das junge Pärchen in der Jury gesessen hätten.

Auf dem Rückweg zum Bus wurde ich leider zwischen zwei Seniorenphalanxen eingeklemmt. Ein nervig freundlicher alter Mann wandte sich mir zu. Sein Tonfall klang milde, altersweise und menschenverstehend. Er könnte durch sein sanftzittriges „Ich verstehe alles, weil ich alles erlebt habe und alles menschlich ist" viele Anhänger gewinnen.

Mich stieß es ab: „Vielleicht bist du ein Riesenarschloch gewesen, als du noch bei Kräften warst, und jetzt, wo die Kräfte schwinden, machst du auf menschenfreundlich. Du laberst und wenn du mal bei deinen Worten in einer kritischen Situation behaftet wirst, kommt bestimmt ein weinerliches 'Äh, das habe ich doch ganz anders gemeint!'" Erleichtert ging ich im Bus auf meinen Platz weit hinter ihm.

In den vorderen Reihen wurden Weltweisheiten ausgetauscht, denen ich bald nicht mehr zuhörte. Es handelte sich fast ausschließlich um Frauenstimmen – obwohl nur die Männer redeten. Unglaublich, welche Stimmen Männer im Alter bekommen können. Hoffentlich wird Gregor nicht so!

Meine Gedanken kehrten zur Höhle zurück und jetzt hatte ich Zeit zum Nachdenken. Abgesehen von den Höhlenbären schloss man anhand von abgenagten Knochen, Ascheresten und ähnlichen Überbleibseln auf Urmenschen, die hier gehaust hatten und auf ihre Lebensweise. Ich erinnerte mich an Abbildungen von solchen Urmenschen. Die Urfrauen galten vermutlich ab der Fruchtbarkeit nicht mehr als Kinder. Ich vermutete, dass sie schon mit dreizehn oder vierzehn Jahren Mütter wurden. Das erfuhr frau aus Zeitschriften und dem „Frühstücksfernsehen", das mir ein weites Spektrum bescherte.

Die Sterblichkeit bei den Geburten würde hoch gewesen sein, aber auch sonst wurden diese Menschen nicht sehr alt. In Wissenschaftsberichten erzählte man, dass viele Krankheiten früher nicht bekannt waren, weil die Menschen sie einfach nicht mehr erlebten. Ich dachte mir, dass das mit den Wechseljahren wohl auch so war. Wenn das Durchschnittsalter um die vierzig lag, konnte man noch Kinder bekommen. Wenn für Frauen Kinderkriegen ein Bestandteil des Lebens war, wozu waren sie dann nach der Menopause noch nütze.

Der Begriff „Menopause" irritierte mich schon immer. Pause? Wie ginge es später weiter? Tolle Vorstellung: Mit 50 kannst du nicht mehr und mit 70 kommen die nächsten Kinder!

„Schwangerschaftsunterbrechung" Ein solcher Euphemismus störte mich bereits beim Freundeskreis meiner Mutter. Ich dachte früher ernsthaft, da würde die Schwangerschaft halt nur unterbrochen und später fortgesetzt. Als Kind dachte ich so und fand es gar nicht schlimm. Ich war geschockt, als ich checkte, dass es um einen Abbruch ging, bei dem das Kind starb. Diese Vorstellung verkraftete ich lange nicht. Vor meinen Augen starb ein Baby, nicht einige fast unsichtbare Eizellen. Gefühlsmäßig blieb es ein Baby. Auch wenn mein Verstand sagte, dass es nachvollziehbar oder gar lebensnotwendige Gründe für einen Schwangerschaftsabbruch gäbe, revoltierte mein Gefühl wegen dieser konkreten Vorstellung.

Jetzt aber rückte ein neues Thema in meinen Fokus: Nicht der Schwangerschaftsabbruch, sondern der Gebärfähigkeitsabbruch. Den nahm die Natur vor – wie freilich auch viele Schwangerschaftsabbrüche gegen den Willen der werdenden Mutter. Ich konnte der Natur nicht verbieten, meine Gebärfähigkeit abzubrechen. Das ging de facto nicht. Ich fand es aber unerträglich, dem einfach so ausgesetzt zu sein.

Ich war froh, dass die Ankunft des Busses beim Hotel meinem Sinnieren ein Ende bereitete. Eigentlich wollte ich mich im Urlaub erholen! Jetzt musste ich mich von dieser Urlaubszwangsgemeinschaft erholen.

13 Abend im Hotel

Zur Erholung gehörte ein gutes Essen. Ich freute mich auf den Abend in der Hoffnung auf möglichst schweigsame Tischnachbarn.

Wie der Hauptgewinn: Niemand gesellte sich zu mir. Der Andrang kam erst später. Nur die Brathähnchen vom Strand besetzten ihre Plätze. So nahm ich zwangsläufig an vielen Geräuschen und Gesprächen teil.

Der auffällige stämmige Mann am Nebentisch saß seit ein paar Tagen auf diesem Stammtisch. Seine Haut rötete sich täglich mehr. Heute Abend erfuhr ich mit halbem Ohr seine Lebensgeschichte aus erster Hand, da ich nicht ertaubt war und er neben der rechten Seite meines Hinterkopfs schwadronierte. Seine Frau und er hätten sich getrennt und gemeinsam die Scheidung eingereicht. Jetzt fühle er sich richtig gut. Sein Tonfall verriet das Gegenteil. Er saß nicht in meinem Blickfeld. Nur auf das Ohr angewiesen registrierte ich erstaunliche Untertöne.

Eigentlich interessierte mich der Mann nicht. Aber dem Dröhnen seiner Stimme entkam ich nicht. Dabei dominierte er die Gespräche massiv. Das nervte wohl seine Zufallstischnachbarin. Anfangs interessiert,

84

erlosch allmählich ihre Aufmerksamkeit, erschlagen von den sonor vorgetragenen, wunderbar formulierten, intelligenten Wortkaskaden. Er ersäufte sie verbal...

Notgedrungen entdeckte ich Parallelen in seiner und meiner Beziehung. Woran scheiterte seine Beziehung? An dem erdrückenden Selbstbewusstsein eines Mannes, der durchaus sympathisch wirkte? Ich konnte verstehen, dass eine Frau sich für ihn entschieden hatte. Aber jetzt? Er schien wenig älter zu sein als ich, so Ende vierzig.

Und sie? Ging es ihr ähnlich wie mir? Ich fand Gregor um Klassen besser als die meisten Männer meiner Umgebung und doch... Nein, Gregor war nicht das Problem. Er war sich treu geblieben. Ich war „das Problem", weil ich mich änderte.

Nein, nicht wegen der Wechseljahre, natürlich nicht. Bei mir war alles in Ordnung. Ich hatte sogar davon geträumt, mit einem vitalen Mann durchzubrennen und noch einmal ein Kind zu bekommen, Mutter zu werden, diesmal bewusster als bei Tim. Gedankenversunken strich ich mir den Bauch, als fühlte ich mich schwanger.

Ich lächelte unwillkürlich: „Keine Angst! Du bist weder schwanger (wie auch?!) noch hast du zugenommen. Deine Figur ist nach wie vor makellos. Hotelspiegel lügen nicht. ;)"

Nein, mich bewegte nur dieser verflucht angenehme Traum von Schwangerschaft (ohne Probleme), Geburt (ohne Schmerzen), Blick zum stolzen Vater... (noch ohne Gesicht).

In mein Ohr drang die Stimme des Mannes vom benachbarten Hoteltisch.

„Die Kinder sind groß, stehen auf eigenen Füßen, gehen einen guten Weg. Das ist der richtige Zeitpunkt, sich zu trennen, wenn das Feuer erloschen ist."

Sie hatten Kinder. Das setzte eine glückliche Zeit voraus. Jetzt erzählte er in weiter Ferne wildfremden Leuten, wie glücklich er nach dieser Trennung sei. Dabei verriet er, dass sie hier vor langer Zeit gemeinsam Urlaub gemacht hätten, jung und lebenslustig. Wieso tat er sich das an? Er musste doch an den verschiedensten Ecken und Enden sich an sie erinnern, mit schönen Bildern. Das grenzte an Masochismus.

„Nein!" beschloss ich. „Es geht ihm definitiv nicht gut." Der Mann machte sich etwas vor. Wenn es anders wäre, täte es mir um ihn und seine Beziehungsgeschichte leid.

Aber seine Ex-Frau interessierte mich mehr.

„Ex" - was für ein abscheuliches Wort! Eine Wegwerfgesellschaft im Beziehungsleben. O-Ton meiner Freundinnen: „Was macht dein Ex?" Es ging um Männer aus dem Freundeskreis, mit denen sie nett kommuniziert und manches unternommen hatten. Jetzt „Ex und hopp!"? In den Abfalleimer?

Ich phantasierte. Sie musste in meinem Alter sein. Er hatte bestimmt eine jüngere gewählt, weil eine ältere ihm zu souverän gewesen wäre. Er wollte, suchte und bekam Anerkennung dadurch, wie er sich sympathisch und überzeugend selbst darstellte.

Hatte er den Bogen überspannt? Träumte sie wie ich von einem selbstbestimmten Leben und beschlich sie das Gefühl: Der falsche Zeitpunkt! Jetzt kommt deine Aktion viel zu spät.

Am elektrischen Klavier an der Wand stimmte ein Pianist Barjazzmusik an, unterlegt mit Evergreens. Rhythmisch nicht schlecht. Aus der Masse, die das Buffet heimsuchte, löste sich ein alter Mann. Die dünnen Beinchen lugten unter der schlabbernden Hose hervor. Das kurzärmlige karierte Hemdchen spannte am Bäuchlein. Er lächelte selig, aber ostentativ, er trug sein Lächeln zur Schau. Der Piano-Man stimmte ein Balalaika-Lied an und das alte Männchen begann betont lebenslustig zu tanzen. Er hob gar beschwingt die Arme in die Luft und schwenkte sie hin und her. Er demonstrierte seine Jugendlichkeit. O wie peinlich!

Ja, nicht lächerlich, sondern peinlich! Nichts stimmte, er spielte sogar sich selbst falsch. Er agierte auf einer Bühne, die keine war. Hampelte vor einem Publikum, das keines sein wollte und kam sich großartig vor: „Schaut mal, wie locker ich bin! Ihr solltet mal erleben, was noch in mir steckt!" Aber er war nie so gewesen wie er jetzt sein wollte.

Auf das Essen folgte „heimische Kultur". Einem volkstümlichen Brauch folgend trug ein junges Mädchen ihre Bauchtanzkünste vor. Ich hatte mir einen Kontakt zur heimischen Volkskultur erhofft, aber die Volksmusikgruppe mit ihren orientalischen Instrumenten erklang aus einer Musikanlage. Ich wollte die junge Frau nicht brüskieren und blieb, angewidert von den Voyeuren im Publikum mit ihren Frauen, die sich unauffällig distanzierten.

Meine Bauchmuskeln beherrschte ich gerne so wie sie. Das machte sie herrlich. Aber könnte dies nicht eine reine Frauenveranstaltung sein? Nein, denn sie tanzte ganz nahe an etliche Männer heran. Angewidert sah ich zu, wie diese ihr Geldscheine in BH und Höschen steckten. Das ist doch Prostitution!

Die Frau tat mir leid. In dieser Männergesellschaft arbeitete sie sicherlich nicht als selbständige Unternehmerin, wenn frau das so umschreiben darf, sondern wurde ausgebeutet von Männern, die aussahen, als würden sie in meiner Heimat viel von Ehre reden und für die Ehre ihrer Schwestern oder Töchter auch mal das Messer zücken. „Ehrenmord" klingt so ritterlich.

Dabei waren sie einfach nur chauvinistische Schweine. Für mich als Richterin käme dies in einem Urteil als erschwerend hinzu.

Ich vermutete, dass die junge Frau in ihrem Dorf verrufen war und auch von ihren – ich nenne es mal so – Zuhältern verachtet wurde. Ich blieb bis zum Schluss. Aus Solidarität. Diese Solidarität kostete mich viel Überwindung.

Ich zog mich dann ganz schnell in mein Zimmer zurück, weg von dieser verlogenen bigotten Gesellschaft, die mich so an meine eigene erinnerte, nur mit anderen Mitteln.

Oben wurde es nicht besser, nur anders. Direkt gegenüber, genauer gesagt, hinter der Ecke über mir befand sich die Dachterrasse mit dem Swimmingpool. Zu dieser späten Stunde hatten es sich die Russen dort oben gemütlich gemacht. Die nächste Kulturveranstaltung, diesmal in Eigenregie. Sie lärmten auf dem Dach: dadada... traurige besoffene Russenweisen. Durchwegs junge Leute amüsierten sich hier. Manchmal bedauerte ich, dass unsere jungen Leute nicht mehr gemeinsam sangen.

Dachte ich gerade „junge Leute"? Gehörte ich etwa nicht mehr dazu? Ich konnte schon noch ein paar Lieder auswendig. Das bewies meine Gedächtnisfrische, meine geistige Jugendlichkeit. Aber mit Russen? Würde ich mich gerne dazusetzen? Oder waren sie eine verschworene Gemeinschaft?

Ich ging zu Bett, wie in den letzten Tagen. Bei geschlossenem Fenster war es nicht so idyllisch, aber das dämpfte wenigstens die Musik.

Ich träumte, ein junger Russe würde auf mich aufmerksam, nähme meine Reize wahr und schenkte mir Aufmerksamkeiten. Ein lauschiger Abend, voller Gefühle – russische Seele und deutsches Herz. Ach!

Ich steuerte gerne vor dem Einschlafen den Weg in meine Träume. Mein Handy weckte mich aus einem nichtssagenden Schlummer. Dusche, dann Frühstück.

14 Eiszeiten

Immer dieses Aufzugfahren. Das störte mich bei diesem Hotelaufenthalt. Sieben Stockwerke sind viel, aber ich bewegte mich gerne auf meinen eigenen Beinen. Anders würde es noch früh genug. Sich nicht einfach locker bewegen zu können... Also trippelte ich dankbar und bewusst aus himmlischer Höhe von meinem Stockwerk ins Parterre zum Frühstück.

Beim Frühstück entdeckte ich ihn. Ich positionierte mich gerne günstig mit Blick auf Buffet und Eingang. Er betrat den Raum und zeigte am Empfang seine Zimmernummer. Seine halblangen, leicht gewellten hellen Haare unterschieden ihn deutlich von den Männern mit den Massenfrisuren oder -glatzen, die sonst als Stereotype den Raum füllten. Nichts ist so langweilig wie modisches Aussehen oder Stangenstyling.

Künstlertyp, aber kein Geck. Mittelgroß, unauffällig in der Menge, gepflegter, kurzer Bart, die perfekte Nase zierte eine mehrfarbige, unprätentiöse Brille. Seine blauen Augen glitten freundlich und sehr aufmerksam über den Saal.

„Setz dich zu mir!" flüsterte meine Seele. Das wäre ein perfekter Start in den Tag.

Doch er schlenderte gemächlich vorbei, ohne mir nur einen Blick zu schenken. Schade! Bei ihm stellte ich mir eine gehaltTolle Unterhaltung vor.

Enttäuscht tunkte ich mein Croissant in den Kaffee und beugte mich zum Essen über die Tasse, als hinter mir eine warme, vorsichtige Stimme fragte: „Is this seat taken?" Ich musste mich mit vorgebeugtem Kopf halb umdrehen, während ich schon „No – äh, yes..." stotterte. Aus meinen Gedanken gerissen stolperte ich im Englischen. Peinlich! Wie eine Landpomeranze.

Dann gingen mir die Augen über: tatsächlich, die morgendliche Verheißung gegen langweiliges Geplapper stand neben mir, mit einem gut gefüllten Teller und einer Tasse Kaffee in der Hand. Vorsichtig drapierte er seine Sachen auf dem Tisch, mit einem freundlichen: „Good Morning!"

Wonach klang seine Sprache? Engländer? Kaum. Für einen jungen Russen - zu reif. Mitteleuropäer, klar, aber gelang ein Gespräch?

Es klappte, nach dem Verzehr von etwas Scrambled Egg mit Bacon bei der zweiten Cup of Coffee. Ganz konventionell überließ ich ihm die Offensive. Mädchen dürfen sich nicht aufdrängen.

„It's quite a nice hotel..." Lächelnd schob er sich eine Olive in den Mund.

„Yes. I arrived four days ago and still..." Mist! Jetzt gingen mir die Wörter aus. Ich konnte ziemlich gut Englisch, aber eher passiv als aktiv.

„You're not a true born English, aren't you?" grinste er im klarsten Schulenglisch.

Der Tonfall klärte alles. Ich kicherte: „It's so funny to talk in English, but you have no time to prepare before breakfast…"

„Jaja, in der Schule hatten wir mehr Zeit."

Hier trafen sich, wie man früher sagte, „Landsleute". Das fehlende Flair des Fremden wurde kompensiert durch den Entspannungsfaktor.

Die Unterhaltung flutschte mit dem vielseitigen Thema: „Und woher kommen Sie?"

Er: „Hessen, Südhessen, manche hören es heraus, das Hess'sche...".

„Hessen, da kenne ich einige Städtchen, Kassel, Fulda, Frankfurt... Frau kommt so rum mit der Zeit."

„Naja, ich komme mehr von rheinaufwärts. Und woher stammen Sie?"

Ein Hesse, ein Südhesse. Da klingt schon die Sprache süß. Doch das „Sie" klang fast unpassend.

„Ich? Aus..." Wie beschreibt frau Oberfranken? „Irgendwie aus der Nähe von Bamberg."

„Weltkulturerbe. Sehr schönes, reizvolles Städtchen, unten am Fluss – wie heißt er doch gleich?"

„Regnitz."

„Genau. Gibt es dort nicht dieses Rathaus mitten im Fluss, wunderschön bemalt."

Seine Erinnerung trog ihn nicht. Seine Neugierde blieb: „Woher aus der Nähe von Bamberg?"

„Kleiner, unbedeutender Ort. Ein Dörfchen. Buttenheim."

Er verzog sein Gesicht zum Kennerblick: „Buttenheim? Wir Männer kennen das. Heimat von Levi Strauss. Wer trägt nicht seine Jeans?!"

Jetzt ging nichts mehr schief. Allerdings verriet ich ihm nur meine Herkunft, aber nicht meinen gegenwärtigen Wohnort. Irgendetwas muss frau ja auch für sich behalten können.

Und jetzt? Wir tauschten unser Wissen über die Umgebung aus. Er hatte für sich ein Halbtagesprogramm angedacht.

„Du äh Sie können gut strukturieren, oder?" kommentierte ich, offenbar errötend.

„Lass es beim ‚Du'. Meine Aktion lässt sich auch zu zweit machen. Mit mehr Spaß..." Er schaute sich vorsichtig um, als dürfe niemand hören, was er anfügte: „...wenn ich nicht gerade einen von dieser Gesellschaft bei mir habe."

Ein Gesinnungsgenosse. „Der Strand reicht mir, ist quasi ausgebrannt. Ein, zwei Tage ohne Stress, aber... ich habe gestern eine Touri-Tour nur knapp überlebt, mit solchen Reisegefährten wird es zur Tort-Tour."

„Wie wär's mit dem Museum für Frühgeschichte in der Altstadt. Dafür brauchst du kein Spezialwissen. Das ähnelt sich: Grube Messel bei uns und bei euch Solnhofen... Dazu von der Steinzeit bis zu den Kreuzrittern. Die alten Zeiten faszinieren mich..."

Mein Lebendgewicht nahm flugs ab. Ich fühlte mich wie schwebend. Das flutschte. Dieser Reisebegleiter schien mir auf den Leib geschneidert, wobei er einen Punkt nonchalant übersprang.

„Ich bin ungern eine Spaßbremse, aber ebenso ungern ziehe ich mit jemandem los, dessen Namen ich nicht einmal kenne."

„Habe ich mich nicht vorgestellt? Peinlich!" Trotzdem zögerte er, als gäbe es ein Problem: „Tja, also, ich gebe alles zu: Ich heiße Werner. Und so nennen mich auch meine Freunde. Kein Kosenamen, keine Verballhornung, schlicht und fast schon öde 'Werner'. Keine Ahnung, wie meine Eltern drauf kamen. Sie konnten sich nicht mehr dran erinnern. Ich muss es jetzt ausbaden."

Sein Name schien ihm peinlich. Auf mich wirkte er neutral, selbst bei diesem sehr individuellen Mann.

„Stefanie." Outete ich mich meinerseits. „Meine Freundinnen nennen mich Steffi. Ach ja, und mir gefällt mein Name."

Alles klar. Mir fiel auch kein Kosename für Werner ein. „Wöööörner Eiskalt" war doch zu platt. Nach dem protokollarischen Austausch der Vornamen stand einem gemeinsamen Kulturnachmittag nichts mehr im Weg.

15 Die Eiszeit als Wechseljahre

Durch die Touri-Tour eingearbeitet in die Eiszeit avancierte ich quasi zur Fachfrau für Fossilien. Das Museum bot reichhaltige Einblicke in die Vergangenheit, bei denen wir uns beiläufig auszutauschen konnten

Ermüdet vom vielen Stehen plumpsten wir anschließend in zwei freie Stühle eines Straßencafés. Der Sitte des Landes gemäß tranken wir Tee. Dazu betrachteten wir die flanierenden Passanten, die uns zu heiteren bis sarkastischen Kommentaren animierten. Kleidung, Bewegung, Kommunikation, alles lädt zu begleitenden Bemerkungen ein.

Dann schlenderten wir durch die Altstadt mit ihrer Mischung aus europäischer Kolonialkultur und arabischen Ornamenten, bewunderten die ethnische Vielfalt. Auf engstem Raum tummelten sich die umliegenden Völker. Das Mittelmeer fungierte quasi als Schnittstelle zwischen Afrika, Asien und Europa.

An einer Kathedrale stoppte direkt vor uns eine Kavalkade von Polizeimotorrädern mit Blaulicht.

Hinter ihnen drei Limousinen, dann weitere Motorräder. Neugierig rückten wir näher. Sicherheitsleute bildeten eine Absperrung vor den Limousinen zur Kirche. Männer in Anzügen, die fast schon verlogen seriös wirkten, stiegen aus. Manchmal wirkten Anzüge mit Krawatte auf mich wie Kennzeichen von Kriminellen. Die Polizeieskorte weckte auch kein automatisches Vertrauen.

Dann quollen aus zwei der Limousinen dunkelhaarige Frauen in farbigen Gewändern. Saris? Ein Hauch von Indien umwehte uns. Entsprechende Männer folgten ihnen. Man und frau schritt zur Kirche.

„Inder?" überlegte Werner.

„Hm, wirkt so. Aber ich dachte, Inder tragen einen Turban."

Werner schaute kritisch, überlegte dann und kniff die Augen zusammen: „Ich glaube fast, nur die Sikhs tragen einen Turban."

„Oh", nickte ich zustimmend.

„Weißt du, was Turban auf indisch heißt?"

Werner blickte fragend.

„Na, Sikhs-Pack…"

Er schaute erst verdattert. Dann fiel der Groschen.

„Vielleicht serviert man uns heute Curry zum Abendessen. Ich freu mich schon drauf."

„Aber vorher…"

„Vorher? Eiszeit?"

Er grinste: „Eiszeit!" Dieses unprätentiöse Lachen gefiel mir. Ich ließ mich auf Ice-Cream ein.

„Mango sieht lecker aus."

„Okay," meinte er und orderte beim Eismann: „Einmal Mango und einmal Zitrone und Nougat."

Mit dem Eis in der Hand flanierten wir unter Palmen und als wir auch noch die Eiswaffeln verspeist hatten, spürte ich plötzlich seine Hand an der meinen.

Ich erstarrte. Aber warum nicht? Harmloses Händchenhalten bei Erwachsenen. Was sollte daran schlimm sein? Gregor und Reini sperrte ich schnell in die Besenkammer meines Gewissens weg.

Am Ufermäuerchen blickten wir aufs Meer und er stellte sich hinter mich. Es tat mir gut, seine Hände auf meinem Bauch zu spüren. Es tat mir auch gut, dass er es dabei beließ. Weiter ging er erst einmal nicht. So genossen wir unbeschwert unser Abendessen. Heute studierte ich ausschließlich das Salatbuffet, nichts anderes. Was war los mit mir?

Wir gönnten uns noch einen Wein an der Promenade in der warmen Inselluft und kehrten dann ins Hotel zurück, mit einer Verabredung fürs Frühstück.

Auf meinem Zimmer spürte ich Aufregung, aber auch eine innere Ruhe. Bald schlummerte ich friedlich, bis mein Handy mich weckte. Die Dusche rief, der Aufzug drohte und ich betrat den Speisesaal.

Es folgten zwei wunderschöne Tage und natürlich fragten wir uns heimlich, was wir machen sollten. Dann fragten wir uns dies unheimlich.

Werner entpuppte sich als für einen Mann ziemlich straight. Nachdem er mich zärtlich geküsst hatte und ich mich in seinem Arm geborgen fühlte, führte er uns unsere Wirklichkeit vor Augen:

„Du bist verheiratet und ich bin verheiratet. Wir haben beide unsere Probleme mit unseren Partnern, aber... Bevor wir da nicht Klarheit reingebracht haben, wäre es doch schade, wenn wir uns mit Untreue beschweren würden. Stell dir vor, du müsstest jetzt dauernd etwas verheimlichen. Hier, so ein bisschen Nähe, das verletzt nicht die tiefen Bindungen. Das dürfen wir als wunderschöne Erinnerungen aufheben. Und uns im Winter daran wärmen."

Er hatte Recht. Bei ihm warteten eine Frau zu Hause und zwei halbwüchsige Kinder, bei mir Gregor und immer noch Tim. Außerdem gab es noch Reini.

Ich bewunderte Werner. Er hatte genau die richtigen zärtlichen Worte gefunden. Ich fühlte mich von ihm auf dem passenden Weg gewiesen. An ihn könnte ich mich rasend gerne und mit ein bisschen Herzklopfen erinnern und doch ohne Reue, Scham, schlechtes Gewissen. So begnügten wir uns mit leichten Zärtlichkeiten, interessanten Gesprächen und kleinen Aktionen. Begnügten? Vergnügten!

Ich hätte ewig auf meiner Insel bleiben können und wollte doch nach Hause. Was zog mich eigentlich? Gregor, der so lieb und so uninteressant war? Tim, der unbeirrt ein mutterloses Leben anstrebte? Reini, der alles durcheinander bringen konnte?

Was mich zurückzog war: mein Leben. Nicht auf der Insel, sondern zuhause, mit meinen Fragen. Eines nahm ich mir aber mit aus den Palmen, dem Sandstrand, den Partys, den Büffets, den nervigen Touris, mit denen ich mein Leben teilen musste: Ich wollte wieder ich werden. Werner hatte dies mit seinen Worten gesagt und ich fand heimlich im

Hotelbett mein zwiespältiges Motto: „Das ist mein persönliches Wechseljahr: Ich bleibe Frau."

Aber: ich musste etwas ändern. Gleich jetzt, gleich heute, gleich morgen. Nein, erst zu Hause, aber auf alle Fälle, sobald es ging.

16 Zukunft?

Was für ein heftiger Rückflug! Eben noch bei über dreißig Grad unter Palmen, packte über den Alpen ein Sturm das Flugzeug. Hin und her gestoßen, draußen stockdunkel – am Spätnachmittag. Noch hunderte Kilometer vor uns. Ich wollte aussteigen! Auf der Stelle landen. Ich wollte sicheren Boden unter den Füßen. Aber das Flugzeug schwankte im Nichts. Wie Blitze erleuchteten die Positionslichter der Tragflächen die schwarzen Wolken. Ein Stewart segelte fast durch den Gang, als die Turbulenzen begannen. Der Pilot kündige den Landeanflug an, obwohl nichts zu sehen war, nicht ein kleines Licht der großen Stadt. Erst knapp über dem Flughafen blinkten bunte Lichter wie bei einem Lampionumzug auf…

Dann begann die neue Woche.

Dienstag. Vormittag. Der falsche Tag, um etwas zu beginnen und der falsche Tag, um etwas zu beenden. Dienstag ist ein Tag, an dem du nur etwas fortsetzt, was du am Montag schon begonnen hast.

Mit anderen Worten, wenn ich mir um meine Zukunft Gedanken machen wollte, sollte ich dies am Montag tun. Wenn ich an meiner Zukunft etwas ändern wollte, sollte ich dies am Montag beginnen. Aber nun war Dienstag.

Wie bescheuert musst du sein, wenn du dir eine Änderung deines Lebens durch den Wochentag vorgeben lässt.

Mir verstand: „Du musst beruflich einsteigen, auf eigenen Beinen stehen. Wenn sich der Mann eine Freundin sucht, musst du lächeln können: Hab ich schon alles…"

Dienstag? Da könnte ich mich mit Christine treffen. Die hatte das längst hinter sich, die Suche nach der neuen Perspektive. Unter welchem Vorwand könnte ich sie kontaktieren? Vielleicht fragte ich sie nach einem neuen Bioladen in der Umgebung. Da galt sie als kompetent. Das war unverfänglich…

Ich erreichte sie zu Hause. Ihr Chef machte eine Fortbildung und sie hatte frei. Ach, könnten wir wieder mal ungezwungen in ein Café gehen...? Ahnungslos rollte sie mir damit einen roten Teppich aus. Ich zögerte: „Ich muss... äh, da gibt es... noch ein paar Dinge zu erledigen, aber dann..." Ach, ich könnte managen, dass es passt. Ja, in einer halben Stunde im „Esquire". Mal schauen, was sich dort tat. Früher trafen wir uns da öfters.

Super! Mit dem Thema „Chef" eröffnete sich auch der Wiedereinstieg ins Berufsleben. Gezielt kleidete ich mich unauffällig, passend für ein Treffen zwischen zwei vollbeschäftigten Hausfrauen. Nichts erinnerte an meine aufgedrehten Inseltage mit der Partystimmung.

Das „Esquire" schien gut besucht. Wir fanden ein Plätzchen an diesen süßen runden Tischchen mit den bunten Stühlchen, waren aber keineswegs allein. Zugegeben, nach Männern schaute frau sich hier vergeblich um, aber welcher Mann, ich meine, welcher echter Mann geht schon vormittags ins Café?

Natürlich beschränkten wir uns nicht auf einen kleinen Schwarzen, sondern gönnten uns auch ein zurückhaltendes Stück Torte.

„Das kannst du dir doch leisten bei deiner Top-Figur."

„Ja, das leiste ich mir einfach. Ich mache eh diesen Diät-Terror nicht mehr mit. Ich bleibe ohnedies sportlich – mein Job verlangt immer Bewegung. Und zweitens darf die Figur nicht diesen Stellenwert haben. Vor wem präsentiert man sich denn überhaupt? Vor irgendwelchen Männern, die einem nachlaufen sollen? Oder vor der Konkurrenz? Schauen nicht die anderen Frauen viel genauer hin als die Männer?"

Chrissis Gesicht überzog ein geheimnisvoller Schatten. Sie zog die Schultern nach vorne, um mich in etwas Vertrauliches einzuweihen. Ich lasse mich gerne ins Vertrauen ziehen. Dann wird es spannender.

Nachdem der Mocca serviert wurde, lächelte sie zynisch: „Männer! Ich hab dir doch erzählt, dass ich frei habe wegen der Fortbildung des Chefs. Ein ganz netter, hochanständiger Mensch, wie jeder weiß. Also, ich habe frei, aber Ssssue (das Sss ließ sie genüsslich über ihre Zunge durch ihre Schneidezähne brummen) nicht. Er braucht eine Fachkraft als Begleitung. Warum sie? Warum nicht mich? Soll ich's dir sagen?"

Die Chance schnappte ich mir: „Nein. Sag nichts. Lass mich raten."

Chrissi schaute fast enttäuscht. Da konnte ich mir schon denken, worum es ging. Das, womit jeder rechnet – außer der treusorgenden Gattin des Chefs, die vermutlich jenseits von Gut und Böse vertrocknete. Ich grinste mit zusammengekniffenen Lippen und ließ meine Augen giftig glänzen: „Sssue – die mit diesem Schlangenzisch-Es – verfügt über eine makellose Figur. Schlanke Taille, beachtliche Brüstchen, dazu kräftiges, glänzendes Haar, Dauerlächeln und einen ergebenen Blick…"

„Stimmt, ihre Mama könnte sie nicht besser beschreiben. Ihren Wackelhintern vielleicht noch. Aber was für eine Kleidung! Billiger C&A-Chic. Pullis brav, aber ein bisschen ausgeschnitten, Blusen dezent, aber ein bisschen zu offen. Brave Röckchen, die doch ihre Taille betonen und noch eine kleine Verheißung über den Knien…"

Ich ächzte, mit eine gewissen Wolllust: „Die Viper! Das männermordende Unschuldslamm. Eine fachliche Superkraft und Meisterin im Schminken."

Chrissi nickte: „Ich habe sie mir schon mal so völlig ohne vorgestellt. Im Urlaub morgens um acht.

Die Langeweile in Person. Die ist jetzt mit dem Chef unterwegs."

„Aber da sieht er sie doch ungeschminkt morgens um acht."

Chrissi rümpfte die Nase: „Freilich, freilich. Aber da hatte sie ihn schon im Bett."

„Oder er sie…"

„Damit du nicht auf falsche Gedanken kommst: Natürlich bin ich nicht neidisch, nicht eifersüchtig. Um nichts in der Welt wollte ich mit dem alten Sack zu einer Fortbildung mit Übernachtung im selben Hotel fahren. Aber wenn sie zurückkommen, ist sie natürlich das Schnuckelchen und wir können sehen, wo wir bleiben. Hier etwas Rouge, dort etwas Bein und schon setzt der Verstand aus: Männer!"

„Männer!" Das war mein Stichwort. „Männer nehmen sich sowieso zu wichtig. Außerdem hast du so ein Exemplar schon zu Hause. Man muss das ja nicht überstrapazieren."

„Mann zuhause!" Chrissis Mimik veränderte sich. Ich bemerkte ohnedies Krähenfüße an den Augen, die sich nicht kaschieren ließen. Nenne es Lachfältchen, aber sie zeigen dein Alter… Die Arme!

Waren die Lider dunkel geschminkt oder zog ein heimlicher Kummer durch ihr Gesicht?

Chrissis Mundwinkel zuckten, unentschlossen, ob sie loslegen sollte oder... Gab es etwas Peinliches? Musste sie etwas verbergen? Eifersucht? Eine verflossene Affäre mit dem Chef? Meine Güte, wie affenartig schnell bediente ich Klischees?! Sowas kam vor, aber musste ich es gleich unterstellen – mit einem kleinen Phantasiefilm in meinem Kopf?

Doch Chrissi schnutete entschlossen: „Er ist furchtbar!"

„Er"? Sie meinte kaum ihren Chef, eher Thomas, ihren Mann. „Tom" klang heute zu jugendlich, zu cowboymäßig. Ein gesetzter „Thomas" passte mehr zu seinem Eindruck. Dass Thomas zur Schlaftablette mutiert war, darüber waren wir im Freundeskreis uns einig, aber wir hatten ihn auch nicht geheiratet.

Chrissi übrigens auch nicht. Heiraten fanden die beiden damals spießig. Trotzdem feierten sie letztes Jahr ihre „30 Jahre gemeinsamer Hausstand!". Das fanden sie witzig. Naja, Heirat schützt vor Spießertum nicht.

Aber jetzt entpuppte sich Thomas als furchtbar. Chrissi sprudelte, während ich genüsslich meine Torte schnabulierte und sie ihre Sahneschnitte mit Himbeeren vergammeln ließ.

„Ich spürte schon lange, dass da was nicht stimmt! Kleine Freundin? Nee, nicht bei dem! Du kennst ihn ja. Das bringt der nicht. Außerdem, wer würde sich schon auf den einlassen? Dass ihn eine von sich aus anmacht? Unvorstellbar, oder?"

Ich wiegte meinen Kopf unentschlossen, wollte ihren Mann nicht unbesehen kastrieren. Ihre schlanken Fingerchen jonglierten mit dem Kuchengäbelchen, ihr Blick schweifte durch das Lokal, blieb aber auf keinem männlichen Wesen ruhen. Also ging es weiter:

„Zum Fremdgehen braucht ein Mann keine Frau! Äh, nicht, dass du jetzt was Falsches denkst! Nein! Er ist nicht andersrum! Keine Spur. Wenn du ihn so richtig anmachst zur richtigen Zeit, dann kann der schon noch. Aber ich eben nicht. Es war mir alles zu unromantisch."

Trotzdem: Chrissi und Romantik, das ist wie China und die Anden: Passt von der Größe her, kommt aber nicht zusammen.

„Was willst du eigentlich von ihm?" fragte ich zwischen zwei Bissen Schwarzwälder Kirsch (altmodisch, aber lecker!). Chrissi rollte ihre Augen zwischen den Krähenfüßen und schielte genervt zur Stuckdecke.

„Ich will nur ein bisschen Anerkennung und Aufmerksamkeit. Mehr will ich gar nicht. Er soll registrieren, dass es mich überhaupt gibt. Manchmal habe ich das Gefühl, ich bin Luft für ihn. Er geht durchs Zimmer und voll durch mich durch! Manchmal fühle ich mich wie ein Gespenst! Als wäre ich längst gestorben und nur noch ein Gespenst in meiner Wohnung…" Sie zog die Augenbrauen zusammen und blickte gruselig. Es wirkte ein bisschen authentisch.

Sie schaute sich nach rechts und links um, als würde sie verfolgt, beugte sich dann herüber, während ihre Brüste nur knapp ihre Torte verfehlten und flüsterte „Ich muss dir da mal was erzählen…"

Sie ließ den Worten Taten folgen oder genauer, erneute Worte und keineswegs vorsichtig: „Letzte Woche stellte ich das Weichei auf die Probe. Weißt du, so richtig. Ein echte Herausforderung für einen echten Mann."

Hatte sie sich aufgebrezelt, um ihn aus dem Gleichgewicht zu bringen? Ich stellte sie mir voll aufgetakelt vor, mit bunter Frisur, kaputten Jeans, grünem Lippenstift, Pharaonenlidschatten. Oder hatte sie einen Striptease hingelegt. Eine irre Vorstellung! Doch Pustekuchen.

„Wir saßen gelangweilt in der Wohnung, ich bei meinen Zeitschriften, er mit einem Buch, der Fernseher lief leise. Romantisch wie auf einem Friedhof! ‚Jetzt muss es sein!‘ murmelte ich mir zu und griff an: ‚Ich habe es satt, hier als Mumie zu vergammeln! Ich habe es satt, mit einem Mann in einer Wohnung zu leben, der... – ach was, leben, das ist kein Leben, da ist die eigene Wohnung der Sarg – und du bist der Deckel. Kein Interesse an mir, keine Gefühle, keine Liebe, kein...‘ Ich brach in Tränen aus. Es war gar nicht so einfach, aber glaub mir, ich hatte mich so wütend geredet und hatte so großes Mitleid mit mir, dass es klappte. Wimperntusche über die Backen, das muss gruselig ausgesehen haben.

Er – du kennst ja Tom: ‚Aber Schatz, was du nur hast. Natürlich liebe ich dich. Natürlich will ich, dass es dir gut geht. Willst du vielleicht wieder mal was Gemeinsames unternehmen. Ich hatte in der letzten Zeit eher den Eindruck, dir wäre es zu viel...‘

Das war zu viel für mich! Ich legte eine Schippe Lautstärke und Emotionen nach und fauchte ihn an: ‚Wenn dir wirklich etwas an mir liegt, wenn du wirklich Interesse an mir hast, dann…' aber ich redete nicht weiter, sondern – du wirst staunen…

Du weißt doch, dass unsere Wohnung noch ein bisschen altertümlich ist. Wir haben da diesen Gasanschluss im Bad. Alle haben umgestellt, aber Tommilein bringt es nicht übers Herz, diese Direktverbindung zu seiner Kindheit zu demontieren. Als killte er seine Mutter. In diesem Durchlauferhitzer manifestiert sich für mich meine Schwiegermutter!

Mit voller Power renne ich also zum Bad. Er schaut nur verdattert.

Dann schloss ich ab. Das fand er vermutlich blöd, mehr aber auch nicht.

‚Hier gibt's Gas!'

Er checkte nichts.

‚Ich dreh gleich das Gas auf!'

Ich stellte mir seine blöden Augen vor.

Er: ‚Was ist?'

Ich: „Muss ich nach rechts oder links drehen?... (Kunstpause!) Ich hab's!'

Er: ‚Chrissi, mach jetzt keinen Scheiß!'

Ich (heulend): ‚Es hat doch keinen Sinn mehr mit uns!'

Er: ‚Aber darüber können wir doch reden!'

Ich: ‚Tschüss!'

Dann ließ ich was knirschen. Er begann hohl zu drehen: ‚Komm jetzt raus, Chrissi! Das sind keine guten Späße!'

Ich leicht krächzend: ‚Ich mache keine Spaß!'

Er: ‚Was willst du?'

Ich röchelnd: ‚Es hat doch keinen Sinn mehr. Wenn du mich wirklich liebst, dann...' röchel, röchel...' Das muss echt überzeugend geklungen haben."

Chrissi grinste frech und selbstzufrieden.

„Und?" wie spannend, so kannte ich Chrissi gar nicht. Auch sah ich eindeutig, dass sie das Gas nicht...

„Du glaubst es nicht! – Erst mal hörte ich nichts. Dann ein lautes Krachen. Dann ein Sprung in der Badezimmertür, dann zersplitterte etwas, dann sah ich... Ich packte es wirklich nicht: Er hatte sein Beil geholt und schlug ein Loch in die Tür! Dass Tom zu so etwas fähig war! Bevor er völlig durch war, drehte ich den Schlüssel wieder um. ‚Tom, was machst du da?' Ein bisschen Vorwurf hält einen an der Macht.

Er: ‚Chrissi! Lass den Unsinn! Man kann doch über alles reden!' Er war wirklich völlig neben der Spur.

Ich: ‚Aber Tom! Die schöne Tür!'.

Da knallte er mir eine."

…

„Das war das Beste, was er in den letzten Jahren getan hat. Diese Ohrfeige enthielt alles, was ich brauchte. Die ganze Liebe und die ganze Power."

„Du hast ja nen Knall!" Ich checkte diese kaputte Story nicht. Was für ein affektiertes Gedöns!

Aber Chrissi achtete nicht auf mich: „Dann hatten wir den besten Sex seit Jahren!"

Ich glaubte, die hätten alle 'nen Schuss. Auch wenn Chrissi verklärt schaute. Vielleicht bewies Tom wirklich seine Liebe, aber Chrissi bewies nur, dass…

Als sie sich wieder aufrichtete, hing die halbe Torte an ihrer Bluse. „Dann soll Tom die doch ablecken!" dachte ich zynisch. Lache ist süß.

17 Wellen und Dauerwellen

Es kommt in Wellen. Wenn du am Meer die Wellen spüren willst, die deine Füße überspülen, musst du lange warten. Immer wieder scheitern deine klugen Berechnungen am Strand. Du siehst die Wellen heftig heranrauschen und plötzlich verebben sie vor dir im Nichts. Wann kommt die Ausnahme, die deine Füße erreicht? Das kannst du nie vorhersagen.

‚Hitze kommt in Wellen', behaupteten die Damen des Kaffeekränzchens meiner Mutter. In Wellen! Die Frauen in den ‚besten Jahren' versuchten mit den Mitteln ihrer Zeit, sich zu verjüngen. Ein Mittelchen hieß damals „Dauerwelle". Ich war mir nicht sicher, ob mein Frisör die Dauerwelle jener Generation überhaupt noch kannte. Sie schien in Stein gehauen, vermittelten steinzeitliches Flair. „Wilmaaaa!" brüllte Fred Feuerstein und hämmerte vergeblich auf die Haarpracht seiner Gattin ein.

Auf mich wirkten die Dauerwellen der großen Stars aus den jungen Jahren meiner Mutter alles andere als attraktiv. Witzig fanden wir Kinder die „Zwischenfrisur" unserer Mütter, wenn sie mit

Lockenwicklern beim Frisör saßen, kurz vor der Trockenhaube. Dauerwelle!

Wie reagierte Gregor auf eine Dauerwelle? Scheidung? Oder würde er den Frisör outknocken? Eine reizvolle Vorstellung. Am Rande dessen, was ich von Gregor erwarten würde, aber vielleicht…? Und Reinhart? Würde ich ihm gefallen? Würde ihn das Altertümliche bei einer jungen Frau antörnen? Tim merkte so etwas nicht, es ginge spurlos an ihm vorbei. Für ihn war ich nur eine Mutter, keine Frau.

Bei diesen Phantasien lief eine seltsame Wärme durch meine Adern, schenkte mir neue Energie und bündelte sich auf ein Ziel: meinen Frisör.

Geistesblitzen soll man nachgeben. Bei meinem Meister muss frau wochenlang reservieren, trotzdem versuchte ich es mit einem Spontantermin. Die Nummer hing neben dem Telefon. Die vertraute Stimme des sanften Maestros summte durch die Leitung. Oh nein, es sei alles belegt. Das heißt, auf den zweiten Blick habe sich eine Lücke aufgetan. Wenn ich spontan in einer halben Stunde da wäre, könnte er mich einschieben, aber nur bei Marcel, die anderen Kräfte seien im Einsatz.

Marcel? Dieser hübsche, junge und offensiv schwule junge Mann hatte mich noch nie frisiert. Adrett wirkte er schon! Pepp könnte er in meinen Kopfschmuck bringen, das traute ich ihm zu. Neuer Lover und neuer Frisör? Halt nein! Wie konnte ich so etwas denken! Neuer Lover. Ich hatte keinen alten. Selbst Reinhart war nicht mein Lover, bloß ein Mann, von dem ich mich verstanden fühlte – wie von einem guten Frisör.

Amüsant: Reini erfüllte die wichtigsten Voraussetzungen für einen erfolgreichen Dompteur des Haares. Du musst deine Kunden verstehen können. Okay. Doch Reinhart war kein Frisör, sondern… Nein, das hatten wir nicht angeschnitten. Keine Ahnung, was er machte. Banker oder Ingenieur oder Kunstmanager oder wirklich Frisör?

Schnell los! Mein Alltagslook reichte für die Viertelstunde zum Salon. Der Maestro grüßte vertraut und winkte seine Stammkundin zu den Wartestühlen.

„Ein kleiner Schwarzer gefällig?" Eine Insel des Wohnfühlens. Eintauchen in eine Insel?

Manche gingen in die Kirche, manche zum Frisör. Ich ging zum Frisör. Ich wollte Frau bleiben.

Heute bevorzuge ich Frisöre. Früher war klar: ich ging zur Frisöse. Stimmt schon: Korrekt heißt es Frisörin, aber das klingt mir zu männlich.

Ob Marcel mich verstand? Eine Frisörin kannte mein Problem landauf, landab. Die professionelle Haarkünstlerin wusste: Frauen mit Wellen wollen rote Haare. Kaum bleibt das rote Meer aus, färbt frau die Haare rot, als könnten sie die Fruchtbarkeit übernehmen. Yasemin erklärte es mir eindringlich, kom*petenti*siert durch ihren großen Kundenstamm.

Bei Marcel lag ich richtig. Saß ich richtig. Feinfühlig sprach er nicht von mir. Er schilderte lebhaft die Hochzeit eines Freundes – hetero, versteht sich. Dessen Braut ‚so süß!' erfüllte sich die Träume ihres Lebens. Eine Hochzeit in Weiß. Marcel, meine Kopfhaut einfühlsam massierend verfügte auch über einen feinen Sinn für Ironie.

„Weißt du, Hochzeit", kommentierte er, „das klingt nach schönstem Tag des Lebens. Aber in Weiß? Es hat doch alles eine Bedeutung. Es hat doch alles einen Sinn. ‚Weiß' ist nun mal die Symbolfarbe für Unschuld. Michelle und Unschuld! Die beiden leben seit drei Jahren zusammen – wer ist heute noch unschuldig?" Er lächelte. Meine Zustimmung konnte ich ihm nicht versagen.

„Aber es war ihr Traum. Mit Kirche, verstehst du! Kirche! Dass sie überhaupt wusste, wo sie hin musste…"

„Seien Sie nicht so zynisch. Wenn es ihr gefällt!"

„Au!" zischte ich. Der junge Mann hatte noch doch geziept. Natürlich entschuldigte er sich sofort. Aber er blieb beim Thema, das ihn umtrieb. Wenn ein Homo so dezidiert über eine Hetero-Beziehung richtet, klingt das eigenartig.

„Naja, ich möchte mich nicht zum Richter aufspielen, aber stellen Sie sich vor: Die beiden sind über zwanzig und leben seit drei Jahren zusammen. Und dann führt der Brautvater die Braut in Weiß ihrem Ehemann zu… Das ist nicht nur kitschig, das ist…"

„Bescheuert!" ich stimmte ihm zu. Zwar keimte in mir eine Sehnsucht nach so einer romantischen Trauer… ach was, Trauung, aber in seiner Schilderung wirkte es daneben. Freilich – Gregor und ich hatten uns nur vor dem Standesamt das Ja-Wort gegeben. Was heißt hier „nur"? Das ist voll gültig. Unsere Feier war erste Sahne. Aber wäre vielleicht ein bisschen Segen hilfreich gewesen? Man kann über die Kirche denken, wie man will, aber so ein Segen... Der Standesbeamte hielt eine witzige und tiefsinnige Rede, aber... Wenn ich noch einmal... Gregor und ich vor dem Traualtar? Unvorstellbar. Und Reini und ich? Schluss, Aus, Stopp! So ein Schrott. Nicht in diese Richtung, Steffi! Denk geradeaus!

Marcels Betrachtungen überhörte ich, meine eigenen Gedanken schwirrten durch das Universum. Mein Trinkgeld fiel reichlich aus, meine Frisur passte zu einem Aufbruch, aber auf dem Heimweg war ich ziemlich verwirrt.

18 Hitze, Kühle, Mikrowelle...

Als ich morgens aufwachte, war Gregor schon weg. Er machte sich sein Frühstück selber. Ich liebe selbständige Männer. Mit Liebe meine ich: sie verhelfen mir zu einem bequemen und anschaulichen Leben. Tim war auch schon unterwegs. Er machte sich nie ein Frühstück. Da predigte ich gegen eine Wand, was sage ich, gegen eine Mauer aus Stahlbeton.

Unter der Dusche spürte ich das Wasser, aber es beruhigte mich nicht. Hatte ich schlecht geschlafen, übel geträumt? Ich erinnerte mich an keine Bilder, keine Szenen, nur das Gefühl, alles sei sinnlos.

Meine Jahre rannen vorbei wie das Wasser in die Duschwanne. Wie banal! Machte ein Mann mehr aus meinem Leben, mehr aus mir?

Gregor, Tim,… nervig. Nein, ich brauchte keinen Mann, um ich zu sein. Wäre Single eine Option? Ein Leben ohne Gregor, ein Leben ohne Tim, ein Leben ohne… Reinhart brachte Zweifel in meine Zweifel. Ein Lover, umschwärmt werden, liebevoll belogen werden, umschmeichelt werden… das fand ich durchaus verführerisch.

Kennt man die Halbwertszeiten von Lovern? Wie fühlte es sich an, wenn ein Lover zur Gewohnheit wurde? Erstaunlicherweise kannte ich von meinem Vater eine Art Antwort. Er liebte den Blues. Ich gebe zu, der Rhythmus ging auch mir ins Blut. Die Blueser brachten nicht den Groove meiner Generation, aber… Ich erinnerte mich nicht mehr an den konkreten Namen, war es Muddy Waters, B.B.King, Howlin Wolf oder gar John Lee Hooker? Sein Schwärmen für sie klang mir noch im Ohr, aber es war nicht meine Welt. Ein Song hieß: „The thrill is gone…" den fand ich... mir fehlt das genaue Wort. Aber ich stellte mir sofort etwas vor: „The thrill is gone..." Das musste die Beziehung meiner Eltern sein. Kein Thrill mehr wie bei einem Krimi. Meine Mutter war eben in den... nein, nicht schon wieder das Unwort. Da dachte man an vertrocknete Orangen oder so. Eingetrocknete Frauen. Und das mit nicht einmal fünfzig. Ich konnte mir den Thrill zwischen Mama und Papa nur schlecht vorstellen, aber irgendwas muss da ja mal gelaufen sein. Zu meinen Gunsten!

Nun war ich selber Mutter. In manchen Phasen der letzten Jahre fühlte ich mich mit meiner Mutter solidarisch, quasi von Mutter zu Mutter. Manchmal fragte ich mich allerdings: Wie sieht mich Tim eigentlich? Merkt er, dass ich eine Frau bin? Früher traute ich mich nicht, über meine Eltern so zu denken, jetzt machte es mir fast Angst, auf die Mutter reduziert zu werden.

Vor einigen Wochen trafen Timmy, seine Clique und ein paar der „Erziehungsberechtigten" aufeinander, vorwiegend Mütter. Und wir, harmlos lächelnd, aber gezielt gekleidet, verstanden uns prächtig. Doch so manche Mutter warf einen musternden Blick auf die versammelten jungen

Dinger. Woran merkten die Männer, dass wir zutiefst Frauen waren, gutaussehend und begehrenswert?

Ich erhaschte sogar einen prüfenden Blick von Timmy, als überlegte er, wie ich wohl abschneide im Aufeinanderprallen von so viel Weiblichkeit. Er schaute mich nicht einfach wie eine Mutter, sondern wie eine Frau in Konkurrenz an. Und dabei schnitte er gerne sehr gut ab: Seht euch mal meine Mutter an!

Tatsächlich schien er sehr zufrieden. Kein Wunder, die Konkurrenz der Mütter war nicht gerade herausfordernd, und bei den jungen Dingern hielt ich locker mit. Man sagt mir einen jugendlichen Charme nach. So etwas lasse ich bei diesen Gelegenheiten natürlich nicht verpuffen.

Eine Frau in den Augen meines Sohnes? Ach, die Schwangerschaft war herrlich, eine so extrem weibliche Zeit. Manchmal schob ich meinen Bauch extra noch heraus, um zu demonstrieren: Schaut mal her, ich bin schwanger!

Aber was war ich jetzt? Die Freunde meines Sohnes mochten mich. Für sie war ich eine Klasse-Mutter. Andererseits schaute Tim mich immer wieder so seltsam an. Wenn ich ehrlich war, spürte ich auch, dass sich etwas veränderte. Bisher sah man mich als Mutter, aber jetzt brauchte man keine Mutter mehr. Ich war überflüssig. Vertrocknete ich gerade? Wie sollte ich mich verändern, damit ich für Timmy und seine Freunde lebendig blieb?

Sie sollten mich als Frau sehen! Aber ich war nicht mehr die junge Frau, die damals das Kind bekam. Ich war... oh je, hoffentlich merkten sie das nicht. Nein, natürlich merkten sie nichts. Sie waren voll konzentriert auf die eigene Wirkung, die sie auf Mädchen hatten. Sie konzentrierten sich auf ihre Jagdgefilde. Zu denen gehörte ich eindeutig nicht mehr. Schade! Aber es wäre auch sehr peinlich gewesen. Wie bei „Reifeprüfung". Ein Techtelmechtel mit einem der Freunde Tims? Nein! Wie absurd. Und mit... die Väter schieden aus. Theoretisch? Keine Ahnung. Die, die ich kannte, waren einfach nur abtörnend. Langeweiler oder unerträgliche Selbstdarsteller. Oft fielen mir Steinbrocken vom Herzen, weil Gregor diesen Väterchen um Meilen voraus war – und manchmal Jahrzehnte jünger wirkte.

Sollte ich noch mal schwanger werden? Mit so viel Erfahrung, wie ich jetzt hatte? Ich würde so vieles anders machen, so vieles besser.

Aber wie alt wäre ich, wenn mein Kind… in die Schule käme, konfirmiert würde, die Schule abschlösse, eine Freundin hätte, heiraten würde, Vater würde… Ich konnte es mir kaum vorstellen, weil ich eigentlich immer so jung bleiben wollte, wie ich jetzt war. Gregor! Was sagst du dazu?!

19 „Klar-Schiff"?

Donnerstag gemütlich beim Frühstück. Gregor und Tim aus dem Haus. In den würzigen Kaffeeduft ertönte die Handysirene: Schon wieder ein Anruf von Sandra. Es ging mir wie einer dieser alten Witwen, die sich in einen „Ich-rufe-dich-morgen-früh-an"-Witwen-Telefonkreis eingeloggt haben, vor lauter Angst, niemand könnte ihr Ableben mitbekommen. Abends loggen sie sich in ihre Lockenwickler ein und müssen sich früh wieder auslocken… haha.

Sandras Stimme klang fürsorglich, als wolle sie sicherstellen, dass ich nicht hilflos am Boden liegend um Hilfe schriee. Wie rührend sie sich um mich sorgte! Ohne Pause nach der Frage nach meinem Befinden sprudelte sie los, wie es ihr ginge und wie doch alles…

Tagesthema Lars. Als wäre sie mit ihm verheiratet. Ihr Sohn! Volljährig! Seit Jahren! War es Sigmund Freud, der vom Sisyphuskomplex schrieb? Oder war es Ödipussie? Nein, das ist von Loriot. Man kommt ganz durcheinander mit den Wissenschaftlern. Aber Sandra lebte diesen Komplex, wo die Mutter den Sohn heiratet und der Vater mit der Sekretärin durchbrennt. Lars täte mir leid, wenn der Idiot nicht freiwillig bei seiner klammernden Mama wohnte - wobei die Freiwilligkeit durch Kleiderwaschen und vollem Kühlschrank gesponsert wurde.

Das Gespräch begann konventionell: „Hallo Steffi, gut klingst du. Wie geht es dir denn? Habe ich dir erzählt, dass Lars... wo soll ich anfangen. Naja, du weißt eigentlich sowie alles schon...‟

Sie ließ mir keine Zeit für die einfühlsame Frage, ob es Lars schlecht gehe, ob er wieder wegen einer Fete gekotzt habe und ob LissyDasLuder ihm den Laufpass gegeben habe. Ich kam nicht dazwischen. Sie begann sicherheitshalber mit seiner Geburt: „Er ist eben ein Skorpion. Du weißt ja, wie die sind. Ich glaube nicht an Horoskope, das ist totaler Quatsch und wird von arbeitslosen Journalisten erfunden, aber Lars ist ein Skorpion, da lässt sich nichts ändern...‟

Gerne hätte ich von Gregor geimpft eingewandt, die Horoskope stimmten eh nicht, weil die Sternbilder nicht dort wären, wo sie bei der Geburt sein sollten. Gregor konnte es mir leider nicht in einer lauschigen Nacht draußen am Himmel demonstrieren, da es nur tagsüber zu erkennen war, weil ja die Sonne im Mittelpunkt des Sternbilds, um das es ging, aber wenn sie schiene, wäre das Sternbild nicht zu sehen, weil es zu hell. Auf seinem Computer könnte ich aber…

Ich schaute mir folglich die Computersimulation an. Aus lauter Liebe! Und mit einem Glas Rotwein. Etwas Romantik bedurfte der Sternenhimmel schon.

Gregor hatte Recht. Wie immer! Das virtuelle Universum machte mich fast heiß auf meinen tollen Mann: In meiner Tiefe brodelte eine heftige Hitze. Ganz ohne Sex. Was soll das…? Zeigten sich die berühmten Hitzewellen im Klimakterium? Purer Unsinn. Bei mir nicht. Denn ich wollte jetzt spontan mit Gregor ins Bett und in den Wechseljahren litt frau angeblich unter Libidoverlust. Frau wollte nicht mehr. Ich wollte aber! Ich war noch lang nicht dran…!

Während ich mental scharf auf Gregor wurde, zog Sandra über ihren Lars her: „Der ist ein Skorpion. Die killen ihre Lady, wenn sie sie rumgekriegt haben. Auf alle Fälle ist wieder mal Schluss. Mir könnte er das nicht bieten! Aber mir ist er auch noch nie davongelaufen. Also Schandtalle – die heißt wirklich so, sieht so aus und spricht so… - Chantal ist auf und davon. Er höre zu laut Musik und schnarche dabei. Aber ich wette, die hat sich schon an einen anderen aus der Clique rangemacht, das Luder. Die beschläft doch alle. Wenn da mal ein Kind rauskommt, hat es hundert Väter. Wir waren früher anders. Ich hab auch meine Erfahrungen gemacht, aber bei uns war noch echte Liebe dabei und Treue. Das sind doch Fremdwörter für die Mädchen von heute. Dabei habe ich sie echt gern gehabt, die Schantal. Und sie hat mich immer unterstützt, wenn ich ein paar klare Worte zu Lars sagen musste."

Ich klemmte mir den Hörer an die Schulter und wanderte in die Küche, um mir einen Espresso zu machen. Die anderen liebten ihren Cappuccino, aber mir war das zu lasch. Ich brauchte was Härteres. Deswegen waren Gregor und ich ja noch zusammen. Nein, nicht wegen dem / des Espresso/s, sondern weil er ein echter Mann war. Bei den Männern meiner Freundinnen wäre ich nie schwach geworden. Nicht aus Anstand, sondern sie langweilten mich. Wie Sandra auf Lars reinfallen konnte, verstand ich nicht.

Äh, was habe ich da gedacht? Sandra auf Lars? Ihren Sohn. Aber mein Verdenker war kein Zufall.

Sandras Wasserfall dröhnte weiter: „Jetzt ist sie weg, die liebe Schantal... ‚Selber schuld‘, habe ich ihm gesagt, ‚ich habe dir hundert Mal gepredigt, so ein junges Mädchen will auch mal ein bisschen Romantik, nicht nur Sex im Kinderzimmer. Mal ein paar Rosen, Pralinen und so...‘ Da sagte er mir doch glatt ins Gesicht, ich könne mir meine Ratschläge sonstwo... und ich wäre überhaupt Schuld und nur wegen meinen Pralinen wäre sie gegangen. ‚Meine Pralinen?!‘ frage ich. Er: Ich hätte doch gesagt, sie wäre schon prall genug, sie bräuchte nicht mehr, und er hätte ihr gerade eine noble Pralinenschachtel geschenkt. Jetzt sei sein Zimmer dreckig. Sie hätte das Teufelszeug durch die Gegend geschleudert und geheult, er wolle sie beleidigen und sie habe doch schon wieder abgenommen und er...“

An diesem Punkt war ich überfüllt. In so viele Situationen kann frau sich gar nicht hineinversetzen und noch eine Ahnung haben, wer hier was warum gemacht habe und Schuld an dem Malheur sein. Hätte Sandra allerdings wirklich gesagt, Chantal wäre prall, ginge das bei aller Liebe zu witzigen Reimen zu weit. Das könnten nicht mal Hitzewellen entschuldigen. Doch wenn ich es aussprächre, stände ich als Nächste auf ihrer Abschussliste. Sag nie einer Frau, dass sie in den Wechseljahren sei! Das ist ein ehernes Gesetz, das uns unsere Mütter schon in der Pubertät beibringen.

Sandra Stimme klang fast militärisch, kriegerisch: „Dann lächelt dies Prall-Weib mich auch noch an: ‚Hier hast de ne Cola!‘ Ich Doofi freu mich und sage ‚Danke‘, obwohl ich die Versöhnung für ver*führt* hielt. Die süße Chantal grinste wie des Teufels junge Großmutter und zischte: ‚Kennst du die Cola-Werbung: Mach mal Pause… Jetzt kommt mein guter Rat, Muttileinchen: Mach mal Menopause, das ist besser für dich und dein Söhnchen…‘ Es verschlug mir den Atem und die Hexe verschwand….“

Zugegeben: Das ist die Härte: „Mach mal Menopause!“ Ich unterdrückte mein Lachen. Vor meinen Augen erschien Sandra mit einem unentspannten Menopausengesicht. Wenn ich in ihrem Alter bin, nehme ich das viel cooler.

20 Nimm den goldenen Ring von mir

Schmach oder Sieg? Ich fühlte mich elend und gut zugleich. Was für eine widerliche Szene!

Wegen eines Sattlers fuhr ich ein paar Autobahnausfahrten bis zum Nachbarstädtchen. Ich brauchte einen schicken Ledergürtel. Der Mann bringt's wirklich. Pferdesättel zierten die Wände in der Werkstatt, am Ambos sah ich ihn mit seiner Ahle Löcher ins Leder schlagen. Zudem fertigte er persönliche Utensilien an, Lederschmuck, um die Haarnadel zu befestigen, alle Arten von Ledergürteln, selbst Lederhüte lieferte er nach Wunsch.

Ich ging gern zu ihm, auch wegen des kräftigen Geruchs in der Stube. Zudem verfügte er über ein sicheres Stilgefühl. Das zeigte sich am klassischen, romantischen oder rustikalen Mobiliar. Seine Preise entsprachen seiner Leistung, aber du bekamst dein persönliches Stück und liefst nicht als Werbung von Esprit oder Lacoste rum.

Nach seinem schweren Hammer lechzte ich später, bei meinen Wotangefühlen, als es mich drängte, Reinharts Birne auf dem Ambos weichzuklopfen.

Das kam so: Mit beschwingten Gefühlen und einem breiten, roten Gürtel startete ich Richtung Heimat. Wohlgelaunt pfiff ich das Lied aus dem Radio mit, passagenweise unfreiwillig eine zweite Stimme, als ich meinen Augen nicht traute. Ich rieb mir fast mit beiden Händen die Glotzerchen, nur mein Überlebenswille als Autofahrerin hielt mich davon ab: Reinhart! Da drüben! Wirklich? Wirklich. In Fleisch und Blut, in verdorbenem Fleisch und geronnenem Blut.

Die Ampel schaltete parallel zu meinen Gefühlen auf Rot. Heftig drückte mein Fuß auf die Bremse. Ich stoppte. Dort drüben war Reinhart. Mein Herz setzte zum Luftsprung an, als ich ihn sah, doch es blieb in den Startlöchern stecken, als mein Blick von seinem Gesicht bis zu seinen Händen sank: An der Hand fasste er eine andere. Eine Frau, fast noch ein Kind, höchstens zwanzig, allenfalls dreißig, auf alle Fälle zu jung für ihn. Seine Tochter konnte es nicht sein, und für eine einfache Bekannte waren die Bewegungen zu vertraut. Oder doch nur eine Kollegin, oder...

Das Blut schoss mir in den Kopf, als die Ampel grün wurde, er sie umschlang und einen Kuss auf die Lippen presste. Ich wäre am liebsten sofort in dieses

Gangsterpärchen hineingerast. Bereit zur Amokfahrt. Hinter mir hupte es immer wilder, ich schoss über die Straße, bis zur nächsten knappen Parklücke. Ich sprang aus dem Wagen und erntete das nächste Hupen, während Bremsen quietschten. Um ein Haar hätte ich unter den Rädern gelegen. Und das mit meiner Wut! Jetzt durfte mich niemand außer Gefecht setzen! Meine Rage lechzte nach Aktion.

„Selber Idiot!" schnaubte ich aufgebracht. Ein rotes Fußgängermännchen bremst keine wilde Frau. Begleitet von Hupen, Flüchen und ärgerlichen Rufen stürzte ich zu dem frechen Pärchen.

Das Gesindel begriff gar nichts. Die Schlampe sowieso nicht, als der Racheengel erschien: „Du gemeines Schwein!" Meine tiefste Verachtung für diesen ~~Knack-~~Arsch erschallte über den Marktplatz. Das Publikum schaute, irritiert, interessiert, neugierig, gaffend. Noch zückte niemand sein Handy.

Der Midlife-Crisis-Casanova erstarrte mit offenem Mund neben seinem Flittchen, Glotzaugen wie eine Kuh. Schlampi guckte von mir zu ihm und zurück, als verfolgten ihre Augen einen Tischtennisball.

Mir fehlten die Worte, aber Taten sagen mehr als Worte. Ich klatschte ihm eine: „Du Drecksack!" und als Gleichgewichtsübung auch auf die andere Backe.

Die Kleine keifte: „Pudel! Wer ist diese Frau!"

Er starrte mich weiter an.

„Sascha! Wer ist diese....!"

Doch da gab es nichts zu erklären....

Sascha? Saaaschaaa?!!!

Der richtige Zeitpunkt: Etliche Cafébesucher zückten ihre Handys. Meine Chance als Start zum Internetstar. Ich verabreichte ihm noch eine mit dem rechten Handrücken. Wo blieb der Beifall? Die Backen des Schuftes röteten sich, während Baby erbleichend zur Seite glitt. Der rote Reini, der verlogene Sascha schaute wie ein begossener Pudel. Seine Schickse ergriff das Hasenpanier. Das Häschen des Playboys! „!Hah!" Noch ein Nachschlag mit der Linken. Meine Hände flogen hoch: Siegerin! Ich agierte als mein eigener Ringrichter. Ring? Hätte er mir nur einen geschenkt! Den würfe ich ihm jetzt publikumswirksam ins Gesicht: Nimm den goldenen Ring von mir!

Mein Blick fiel auf den Blumenladen nebenan: Gebundene Sträuße in Phiolen. Nicht mehr lange! Ich ergriff bunten Strauß Gerbera, schwang ihn wie eine Hammerwerferin und schleuderte sie ihm treffsicher wie David ins verlogene Gesicht. „Hier! Du Schuft!"

Ende eines Kleinwagencasanovas.

Mit majestätischer Pose drehte ich mich filmreif um und erklärte mit hochgezogenen Augenbrauen der verdatterten Floristin: „Der Herr zahlt!"

Ohne diesen „Herrn" eines weiteren Blickes zu würdigen, stolzierte ich davon, brav bei Grün wartend und ohne Hupkonzert zu meinem Auto. Kein Korso folgte mir auf der Heimfahrt. Aber ich geierte auf die Klicks in Facebook, auf hunderttausend Follower oder wie das heißt. Wenn das Gregor erfährt!

Dieses Szenarium eines Mega-Krachs verdarb mir nicht den Genuss meines Erfolges. Ich stand als Siegerin auf der Walstatt des Lebens. Ich hatte einen ungebührlichen Mann auf die Bretter befördert. Ich gehörte noch lange nicht zum alten Eisen. Ich schlüpfte gerade aus meiner Verpuppung und metamorphierte zum Schmetterling. Young Schmetterling mit der Old-Schmetter-Hand! Hah!!

21 Geisterbahn

Menopause? Nicht mein Thema. Es ist einfach bei mir noch lange nicht so weit. Meine Schwangerschaft zögerte das Klimakterium noch über die Wechseljahre hinaus. Mutti seinerzeit wollte das Klimakterium als einzige in der Familie nicht wahrhaben. Es war auch eine schwierige Zeit. Omi wurde gebrechlicher und vergesslicher. Mutti suchte nach einem Heim. Omi legte sich quer. So weit sei es noch nicht. Aber alle merkten es - alle außer ihr. Diese Charaktereigenschaft schien erblich.

Mit sechzig verkündete sie mit forscher Stimme, sie gehe mit siebzig ins Altersheim, um niemandem zur Last zu fallen. Nein, sie sei nicht so dumm wie die alten Frauen, die immer erst zu spät gehen wollten oder auch gar nicht. Sie selbst mache es ganz vernünftig, solange sie noch Kontakte aufbauen und eine neue Lebensphase im Altersheim beginnen könne. Vielleicht träfe sie dort ein paar nette Männer. „Hihihi, Seniorenheim als Jungbrunnen..." Ihre Augen strahlten, Opi blickte genervt.

Omi propagierte vehement das Altersheim – besser „Seniorenheim" oder am besten „Seniorenresidenz". Bis es wirklich so weit war. Da erlosch das lodernde

Feuer schlagartig und die Gegenargumente sprudelten… Erst als fast die Küche abbrannte, setzte Papa sich mit „Haus Abendrot" durch. Wie romantisch. Ein Hauch von Lagerfeuer. Ein Wochenende langte zum Umzug, für den Rest der Vergangenheit brauchten wir einen Monat! Und viele Klöße im Hals.

Omi bekam die neue Umgebung sehr gut. Manchmal schien es ihr besser als Mutti zu gehen. Wenn ich kam, gab sie mir meistens noch etwas von ihrem Essen ab. Das fand ich praktisch, als ich zuviel um die Ohren hatte, um zu kochen. Ich befand mich in der Berufsfindungsphase. Für manche die schönste Zeit ihres Lebens. Für mich auch, aber eben nicht essenstechnisch. Kochen war nie mein Ding. Aber ich konnte ja Omi besuchen. Also hin zum „Abendrot". „Und dann im Abendrot, ess' ich mein Abendbrot…"

Sonnenaufgang, Sonnenuntergang… du kannst machen, was du willst: dort triffst du nur alte Leute – oder welche, die genauso eingeschränkt sind. Es riecht nach Staubsauger. Als wärest du in einen Staubsauger gekrochen und eingeschlossen. Da packt dich die Angst, jemand könnte den Staubsauger anschalten.

Wenn ich durch das große Portal hineinschritt, öffneten sich die Türen des großen Staubsauberbeutels vor mir von selbst, wie im Märchen. Hinter der Tür erwartete mich das Surrounding einer Geisterbahn. Eine Phalanx von Rollstühlen mit alten Frauen, die mich alle anstarrten wie ein Fenster, durch das man hindurchblickte – ins Nichts. Ich wollte schreien, oder eine Putzfrau rufen, die den Staub von den Wachsfiguren fegen sollte... aber: Das war die Wirklichkeit. Das war das Ende. Das waren keine Wechseljahre, das waren Endjahre.

Wenn ich Staubsaugerbeutel durchschritten hatte, musste ich mich nur noch durch abgedunkelte Gänge tasten, um zu Omi zu finden. An ihrer Zimmertüre hing ein Foto, angeblich von ihr. Aber so war sie weder früher noch jetzt. Nur der Name stimmte.

Stimmte bei ihr wirklich nur noch der Name? Mit der Zeit verfestigte sich der Eindruck, dieses Wesen hinter der Tür wäre nicht das, mit dem ich groß wurde. Ihre Freundlichkeit blieb, aber oft schaute sie mich fragend an, als sollte ich ihr erklären, wer ich eigentlich wäre.

Dabei könnte ich mir das manchmal nicht mal selbst erklären.

138

Anfangs sprachen wir darüber, wer ich sei. Sie schien mich besser zu kennen, länger zu kennen als ich mich selbst.

„Steffi", sagte sie einmal, „das war doch schon so, als du noch klein warst. Ich habe dir deine hübschen Zöpfe geflochten und du hast dich gerne im Spiele im Spiegel damit bewundert. Aber wenn ich dir deine Haare kämmte, hast du geschrien, als seist du der Teufel und ich deine Großmutter. Du wolltest gerne ein schönes Mädchen sein – aber durfte nichts kosten."

„Aber Omi, das ist doch längst vorbei. Heute weiß ich: Wenn ich was will, muss ich was bringen. Auch wenn es blöd ist, mache ich es so..."

Omis immer noch blaue Augen blitzten. Ihre feste graue Frisur straffte sich. Ihre dünn gewordenen Finger umklammerten meine Hand, als wollte sie meine Hand öffnen, den Handteller studieren und mein Innerstes daraus lesen wie eine Wahrsagerin....

„Du hältst dich an die Gesetze, die du nicht gemacht hast und für ewig hältst..."

Oma! Aber lassen wir dieses Vergreisungsthema, es ist noch hässlicher als das Klimakterium.

Wie gesagt: Das Klimakterium ist für mich noch nicht dran. Freilich sollte eine Frau diesem Thema nicht ausweichen. Wenn es kommt und dich einholt, solltest du nicht als Naivling angetroffen werden.

Ich gehe mit den Wechseljahren vernünftig um. Ich spreche offen darüber, wie das sein wird und ich möchte die Fehler meiner Umgebung nicht wiederholen. Aber wer weiß, wie es sein wird, wenn es so weit ist? Meine Libido jedenfalls beweist mir: Ich bin besser dran als einige meiner Freundinnen, notfalls muss es Gregor bezeugen.

Hihi, schrieb ich grade von „zeugen"? Das wollen wir nun doch lieber nicht. Das machen nur Männer, deren Frauen längst die Seiten gewechselt haben und die sich im hohen Alter noch mal beweisen müssen. Obwohl! Ich las doch von dieser Frau, die noch mit 65 Mutter wurde. Da wäre mein Kind in der Pubertät, wenn ich es jetzt bekäme. Was für eine Phantasie!

Schwangerschaft. Das Thema ist für mich längst erledigt. Als Mutti ihre launischen Jahre hinter sich hatte, behauptete eine Freundin von ihr – ich hockte zufällig im Nebenzimmer– mit selbstbewusster Stimme: „Jetzt ist alles besser: Sex ohne Vorsorge, ohne Angst, einfach nur spontan." Ich saß da, und war schwanger. Da ist Sex auch ungefährlich ;)

Ich genoss meine Schwangerschaft. Gut, das Kotzen weniger, aber das Strampeln hin und wieder, den heimlichen siegreichen Blick auf die Freundinnen, deren Wunsch noch unerhört war. Was für ein Gefühl, zu dieser auserwählten „In-Group" zu gehören?! Stolz den dicken Bauch durch die Gegend zu schwenken - unvergleichlich. Noch mal schwanger werden? Manchmal schwankte ich. Aber ich musste mir ja nichts mehr beweisen. Die Welt wusste: Ich bin Mutter. Das reichte für ein Leben.

Nein: ich brauchte keinen dicken Bauch, um zu beweisen, dass bei mir noch alles da war. Schlanke Taille und feste Brüste, das genügte. Wechseljahre, ihr könnt kommen: Mich kriegt ihr nicht!

22 Fremdes Bett?

Bianca klingelte mit verheulten Augen bei mir. Sie suchte Trost. Eine gute Entscheidung. Ich verstünde sie, was immer auch geschehen war. Es ginge mir gut dabei. Andere trösten ist immer wohltuender als sich trösten lassen. Ich tröstete wahnsinnig gern. Da fühlte frau sich sicher auf der guten Seite.

In Biancas Fall gab es nur schlechte Seiten. Sie selbst kauerte als ahnungsloses Kaninchen auf der Couch. „Wir haben immer eine offene Ehe geführt. Jeder hatte sein Leben und seine Freiheit. Aber natürlich sind wir nicht fremdgegangen. Das wäre doch ein Vertrauensbruch gewesen."

Ich persönlich fand Michael langweilig, egal, ob er sich schick als Mick vorstellte oder „I like Mike" lyrisch auf seinem T-Shirt prangte, leicht verzerrt durch seinen Bierbauch. Soweit ich wusste, gehörte er zu den letzten Rekordnamensträgern. In seinem Geburtsjahr ritt dieser Vorname zum letzten Mal an die Spitze der gewählten. Vermutlich lag es an „Mick I like Mike". Nach ihm konnte kein Besserer kommen und die Konkurrenzeltern gaben auf. Oder man sah, welche Idioten diesen Namen un*ter*straft tragen können und wollte dies seinem Kind ersparen.

Ich konnte nie Eltern verzeihen, die ihr Kind Adolf, Detlev oder Kevin nannten. Es erinnerte mich an den Song von Johnny Cash „A boy named Sue", in dem ein Daddy von zu Hause wegrennt und seinem Sohn nur eines lässt, den bescheuerten Namen „Sue", wegen dessen er ein Leben lang gehänselt wurde. Das sollte ihn stark machen. Es machte ihn auch stark. So stark,

142

dass er seinen Vater, als er ihn nach Jahrzehnten in einer Kneipe antraf, zu Boden streckte. Kevin: Knock deine Eltern out! Kevin? Der Gatte von Schantal.

Zurück zur Gegenwart: Schicki-Micki-Mike und seine blonde Bianca galten bei uns immer als Traumpaar. Das betraf die Optik. Sie konnten was aus sich machen. Aber im Laufe eines Abends willst du dich auch mal angenehm unterhalten und nicht nur Kleidchen, Schmückchen und Nägelchen bewundern.

Michael galt als Augenweide. Uns störte allerdings seine Geistlosigkeit mehr als er durch seinen Waschbrettbauch gut machen konnte. Aber was musste ich heute erfahren?: Nicht alle weiblichen Wesen ließen sich abschrecken.

„Der Schuft!" Bianca heulte. „Während ich meine Mutter besuchte, weil sie mal so richtig ausmisten wollte, turtelte er mit seinem Täubchen rum. Ich könnte ihr den Hals umdrehen!"

Ich lächelte bei der Vorstellung, wie sie einem Täubchen den Hals umdrehte, allerdings hätte das Täubchen dann ein Gesicht Marke Flittchen.

„Ihr führt doch eine offene Ehe. Was wundert dich?"

„Während ich nichtsahnend irgendwelche Keller und Dachböden aufräumte und voll verstaubt stundenlang unter der Dusche stand, schleppt er seine Alte ein…"

„Was? Wohin? Zu euch?" Nein, so etwas bringt nicht mal eine Nulpe wie Michael.

„Doch! Genau das! Ich komme heim und das Bett ist zerwühlt. Unser Bett, verstehst du? Da hat er mit ihr gevögelt! Ich könnte ihr den Hals umdrehen, dieser falschen Hexe!"

Calm down, Baby! Kein Mann ist einen Herzinfarkt wert: „Wieso ihr? Sie ist doch nur Michael auf den Leim gegangen. Du weißt doch, wie er auf Frauen wirkt. Ohnmächtige Weiber säumen die Wege, die er beschritt!" Ob ich mit meiner Ironie bei der richtigen Adresse war? Am liebsten nännte ich ihn bei seinem Flüsternamen MickTheFick. Aber das wäre zu viel für Bianca.

„Ach, du machst dich doch nur über mich lustig. Du hast gut reden, bei euch stimmt alles, dein Gregor ist dir treu – naja, vielleicht hat er ja auch gar keine Chancen. Auf alle Fälle musst du dir keine Sorgen machen. Aber ich? In meinem Bett? Diese Nutte, diese Hure, diese Bitch!"

Ihre Szene erschütterte mich mehr als die Verunglimpfung meines Gatten: „Euer Bett zerwühlt von ihr? Was für eine…! Mir fehlen die Worte. Und was hast du getan?"

„Was sollte ich denn machen? Angeschrien habe ich ihn. Die Vase habe ich geworfen. Schwups! war er weg. Über alle Berge, der Feigling! Ich habe noch ein paar Stühle umgetreten und die Schränke leergefegt. Aber dann war nichts mehr da."

Mir kam ein genialer Gedanken. Rache schmeckt so süß, wenn man sie erst mal auf die Zunge bekommt. Sollte ich Biancas Rache mitgestalten? „Ihr wohnt doch im dritten Stock. Ist es da nicht wunderschön, wenn mal alle seine Sachen auf der Straße landen. Weißt du, so im hohen Bogen und…"

Bianca stutzte. Besonders schnell von Begriff war sie noch nie. Aber dann checkte sie den Rachetraum! „Genau! Das machen wir!" Das Häufchen Elend fing Feuer und Flamme. Wir sprangen in ihr Auto, tatendurstig. Nach wenigen Sekunden stoppten wir vor ihrer Haustüre.

Was für ein Vergnügen! Die Treppen zum dritten Stock flog ich schier hinauf. Die Sachen von Mick und

Bianca ließen sich leicht unterscheiden. Natürlich wollte ich den Laptop nicht durchs geschlossene Fenster werfen. Die Scherben hätten Bianca geärgert. Also öffnete ich die Fensterflügel vorschriftsmäßig, schaute, ob die Straße frei war und ließ es mit einem Jubelschrei fallen. Jupieh!!! Was für ein Crash!

Die Kleider entsorgte Bianca, mitsamt Micks sehenswerten Slip-Varianten. Auch seine beiden Bücher landeten auf dem Müllhaufen. Bei den Bildern zögerte sie. Zuerst trennte sie die Personen, dann zerschnippelte sie genüsslich den zu entsorgenden Mick und streute Schnipsel-Maik wie Konfetti aus dem Fenster. Was für ein Faschingsvergnügen. Hier bist du Weib, hier darfst du es sein!

Nach getaner Arbeit – körperlich strengte das durchaus an – setzten wir uns matt auf das Sofa (gehörte Bianca), schnauften durch und begannen zu lachen, hysterisch zu lachen, wie verrückt zu lachen. Wir spürten das wahre Leben, es fehlte nur noch Mick, den wir an Armen und Beinen packten und auf den Sperrmüll warfen. Müll-Mick! Eine geile Phantasie. Boing!

Natürlich würde ich das nie wirklich machen, denn mein Verstand warnte mich: Wenn's strafbar wird, ist das Vergnügen vorbei.

Aber es reichte zu einem kleinen Orgasmus: Bianca griff zu ihrem Handy, bedeutete mir, zu schweigen und tippte. Keine Frage: Micks Nummer. Sie stellte den Lautsprecher laut. „Ja, Bi, was is?" seine Stimme klang heißer, etwas verstört, keineswegs selbstsicher.

„Ach!" Biancas Stimme war zuckersüß, „Liebster, dass du meinen Namen noch nicht vergessen hast. Das ist ja sooo toll von dir. Irgendwie bist du doch der Größte. Kein Wunder, dass die Frauen dich lieben, vor allem die Nutten. Schätzchen, ich wollte dich eigentlich nur bitten, deine Sachen hier abzuholen." Soviel Ironie hätte ich ihr nie zugetraut. Was Wut aus Frauen machen kann!

„Meine Sachen?"

„Deine Sachen, weiter nichts. Darauf kannst du dich beschränken." Stille in der Leitung. Sie zwinkerte mir zu und setzte zu einem Tiefschlag an: „Schatz, du solltest dich beeilen. Wenn es regnet, werden die Sachen nass... und wenn der Sperrmüll vorbeikommt, ist alles weg... Bitte, pass auf dich auf und auch auf den Rest vom Müll..." Dann legte sie auf und strahlte.

Woher bezog sie so viel Witz? Sieh mal an, was Stress bewirkt! Doch nun musste ich raus aus der Show und nach Hause.

Gregors Sachen rausschmeißen? Nie. Die Szene hatte meine trübe Seele ausgemistet. Danke, Mick, wo immer du auch jetzt bist!

23 Steiler Zahn?

Aber was, wenn meine Situation auch *exkalierte*? Was, wenn mal mein Bett *zermüllt* war? Was, wenn Gregor aus seiner Lethargie erwachte und à la Frankenstein zum Midlife-Crisis-Casanova mutierte, dank SUV statt Kleinwagen erstrebenswert für aufgestrapste Sekretärinnen, denen ein weltfremder Mann vor die getuschten Wimpern trotteln konnte?

Keep care! Du musst dich selbst ernähren können. Frau braucht mehr als nur Nahrung. Wir leben nicht mehr in den Zeiten, wo die Mammutjäger das Fett abbekommen, während die Weibchen Wurzeln sammeln.

Ex-Mutti als Beruf schied klar aus. Steffie, drück auf die Tube! Stell dich auf die eigenen Beine!

Ich ginge selbstbewusst in meine Zukunft.

Apropos… ich brauchte einen Termin meiner Gynäkologin. Arzthelferin? Pausenlos Schwangere und Frauen in den Wechseljahren? Nein, das zermürbt.

Frisur und Zähne, das wirkt bei uns am meisten. Frisörin? Nix für mich. Das bisschen Kreativität wiegt das blöde Wafen nicht auf. Nicht meine Welt. Selbst beim Frisör suchte ich Ruhe, wollte nur entspannen.

Zahnarzt? Der stand an. Wäre das eine Welt für mich? Ich verfügte über Vorerfahrungen. Als Tim kam, brach ich die Ausbildung ab. Ließe sich da was nachholen?

Hej! Was zweifle ich?! In meinem Alter?! Ich habe Erfahrungen. Eben! Mit diesem Pfund kann eine schlanke Frau wie ich wuchern ☺.

Als steiler Zahn beim Zahnarzt? So eine Stelle gefiele mir. Stimmt schon. „Steiler Zahn!" zischelten früher die Jungs hinter mir her. Damals blickte ich nur herablassend. Heute? Gregor würde Augen machen. Dann schickte ich ihn zum Augenarzt. Vielleicht bildete man dort angegraute Männer aus, grins!

Beim Dentisten lief der Klassiker. An meinen Zähnen fand der Fachmann nichts auszusetzen, verwies halbherzig auf eine „professionelle Zahnreinigung". Ich war privatversichert! Aber wie konnte ich mein tieferes Thema ansprechen?

Der „Doktor" plauderte im Nebenzimmer mit seinen „Damen", den Sprechstundenhilfen. Süffisant kommentierte er, die vorhin behandelte Patientin hätte weniger Probleme mit den Zähnen als vielmehr mit ihrem Alter – wobei man den Zustand von Pferden ja über die Zähne rausbekäme. „Höhöhö!" Er grummelte etwas von einem Witz, den er gehört hätte. „Soll ich den mal loslassen... Ist aber ein bisschen... naja, das muss man als Frau halt aushalten." Ich runzelte die Augenbrauen: Was mutete er wohl da seinen – weiblichen - Angestellten zu? Aber die ermunterten ihn, warum auch immer.

So glänzte er selbstgefällig mit seinem genialen Joke: „Kommt eine Frau zu ihrem Arzt: ‚Herr Doktor, ich habe dieser Tage einen Zehneuroschein verschluckt. Aber wenn ich jetzt aufs Klo gehe, kommt immer nur Kleingeld!' Meint der Arzt: ‚Keine Sorge, das sind die Wechseljahre!'" Der Doc lachte und der kleine Chor seiner weiblichen Angestellten lachte pflichtschuldig mit. Claqueure...

Behutsam tastete ich mich an der Theke vor: „Wie sieht es hier mit Mitarbeiterinnen aus? Eine Freundin von mir…"

Zufällig kam der Onkel Doktor persönlich vorbei, erhaschte einen Teil meiner Frage. Hörte ich etwas Erwartungsvolles in seiner Stimme?

„Sie suchen eine Stelle? Ja, ein günstiger Augenblick. Sie wissen schon, Mutterschutz, Schwangerschaft und Elternzeit. Sie könnten bald anfangen. Und Sie…" er schmunzelte. Väterlich? Chauvinistisch? „Sie sind gerade im richtigen Alter!" Was meinte er wohl damit? Bezog er sich auf meine Berufserfahrungen, die ich nicht wirklich hatte. Oder meinte er etwa, ich wäre… Empörend! Obwohl, bei ihm galt anscheinend die Menopause als Startvorteil. Könnte ich damit punkten? Doch welche Frau punktete gerne mit Defiziten. Defizit? Mein Kind hatte ich. Jetzt Karriere? Würde passen…

„Ich bringe nicht so viel Erfahrung mit… Ich war mal, damals…."

„Kein Thema! Die Patienten bleiben gleich, die Diagnosen bleiben gleich. Den Rest eignet man sich über Fortbildungen an. – Wollen Sie?"

Ob ich wollte? Und ob!

Was für eine kurze Bewerbung! Gregor würde sagen: „Naja, schau dir mal den Arbeitsmarkt an. Da kannst du glatt noch 'ne Lohnerhöhung rausschinden."

Für mich leuchtete mittags die Morgensonne: Ich würde auf eigenen Füßen stehen. Wechseljahre? Willkommen beim Wechseln in die Berufswelt. Junge Konkurrentinnen? Bedroht von potentiellen Schwangerschaften! Ich? Arbeitsmarktkompatibel gereift. Wenn Gregor das erführe! Dann traute er sich kein Abenteuer mehr zu, denn ich könnte für mich selbst sorgen. Wir stritten auf Augenhöhe!

24 Herzbube?

Ich erreichte das heimatliche Schloss vor meinem Göttergatten. Zeit zum Nachdenken. Was bedeutete mir Gregor? Aufmerksam, zärtlich… Das gefiel mir, dezent dosiert. Freilich: Was ist mit dem Pelzmantel? Pelzmantel hieß der Running Gag des hechelnden Kaffeekränzchens, wenn frau genüsslich unterstellte, der Gatte einer abwesenden Person ginge fremd und übertünchte dies durch übertriebene Zuwendungen. Ein teurer Pelzmantel ohne Anlass. Der berühmte große Blumenstrauß. Die Damen karikierten lüstern den fiktiven Fremdgänger in seiner animalischsten Art.

Wie musste ich Gregors kürzlich gesteigerte Aufmerksamkeit interpretieren? Ich hatte begonnen, seine Wäsche vor Waschen, Reinigen oder Aufhängen fürsorglich nach artfremden Utensilien zu durchsuchen. Eine Quittung? Ein fremdes Haar? Nichts! Den heimlichen Restaurantbesuch bei angeblichen Überstunden, den schwarz-roten Tanga in der Jackeninnentasche ersinnen einfallslose Autoren billiger Filmchen. Gregors Termine änderten sich nicht. Eine kleine Freundin befände sich im Zeitvakuum. Hinter die Fassade dieses unangreifbaren Biedermanns gelangte eine Hobby-Detektivin nicht.

Ziehe ich eine erfahrene Freundin zu Rate? Ich verfügte über eine beachtliche Auswahl. Aber ich verfügte auch über eine beachtliche Erfahrung an vertraulichen Gesprächen: „Das bleibt natürlich unter uns!" Dann erfuhr ich Geheimnisse. Aber noch schlimmer war: sie wurden bewertet. Eine Art Jüngstes Gericht über die Freundin. Das tue ich mir nicht an. Du kriegst es nicht live mit, aber allein die

Vorstellung von der Hetze hinter deinem Rücken erniedrigt dich. „Ach, Vally, die arme!"

Freundinnen. Ein Thema für sich. Ein eigenes Buch wert. Mir blieb dieser Weg verschlossen. Mein Misstrauen war zu groß. Vertrauen?

Vertrauen! Aber wem? Vertrauen in den eigenen Mann? Das riete ich niemandem. Männer! Aber Vertrauen in meinen Mann? Eine wohltuende Vorstellung: Ich lasse mich in Gregor hinein fallen.

Was für ein Bild: Ich lasse mich hineinfallen... Hineinfallen in ihn. Also nicht auf ihn hereinfallen, sondern...

Ich musste das Bild um-malen: Ich will, dass Gregor in mich hineinfällt. Hinein in mein leeres Herz. Er soll wieder mein Herzbewohner werden. Er soll mein Herzbube sein.

Damit beginne ich heute Abend. Er würde nichts merken, weil er sowieso mein Mann ist. Aber ich würde es merken. Das Abendessen bereitete ich ihm liebevoll vor. Dann erklärte ich ihm, ich hätte einen Superfilm im Kino gefunden. „Lass uns da rein gehen!" Er würde abwartend schauen.

„Ganz schnuckelig, Schatz, wie früher. Und ohne Hetze durch den Babysitter. Heute wartet kein kleines Kind."

Wir könnten entspannt ins Bett gehen und sehen, was sich entwickelte. Ich griffe zu meinem Parfüm für besondere Stunden. Ich sortierte meine Dessous. Wie geil! Romanze mit dem eigenen Mann!

Ich genoss den Schauer der Dusche wie das Bad einer Wiedergeburt. Ich kannte nun meine Welt. Die Tropfen perlten an meinem Körper ab und ich freute mich darauf, wie Gregor meine Formen bewunderte. Ich rubbelte mich ab, föhnte die Haare kurz an und wühlte im Evaskostüm im Schlafzimmer in meinen Dessous. Wow! Lustvoll probierte ich die geilsten Teile und posierte neckisch vor dem Spiegel: Es siegte ein karminrotes Teil mit schwarzen Spitzen. Das gefiele ihm. Er liebt die einfache, plakative Anmache. So packte ich die schwarze, dünne „Bluse der Verheißung" (Wortlaut Gregor). Dazu ein knielanger dunkelblauer enger Rock. Schwarze Nylons... Wenn ihn das nicht anmacht! Garniert mit einem Hauch von Highheels. Mein Göttergatte sollte große Augen machen!

Im Bad gönnte ich mir Zeit für Wimperntusche und zartem violetten Lidschatten. Knalliger Lippenstift? Steh ich nicht so drauf. Aber Gregor? „:" „!" Der gezielte Griff zu meiner Geheimwaffe unter den Eau-de-Parfumes „Lune noire". Zwei Spritzer hinter die Ohren…

Apropos Ohren: Meine Opalringe passten super, dazu das kurze Kettchen mit polierten Hämatiten und der Ring mit dem Saphir, flankiert von zwei Brillanten. Zum finalen Check stolzierte ich ins Schlafzimmer an den großen Spiegel. Passt! Perfekt und doch lebendig. Zeit für einen „Old Fashion".

Am Cocktail-schränkchen fütterte ich einen Zuckerwürfel einem Gläschen mit Angostora. Ein Duft nach Enzian und Nelken! Brause, Eiswürfel zerstoßen, Roggenwhiskey drüber und… lecker! Barmixerin als Nebenjob einer Zahnarzthelferin?

Es klingelte. Jetzt? Der falsche Zeitpunkt, von wem auch immer. Doch mir nähme niemand meine gute Stimmung. Keine Nachbarin, keine Freundin, kein Paketbote. Ich öffnete. Draußen stand:

Gregor. Er lächelte mich an wie als Zwanzigjähriger: „Darf ich bitten, mein Schatz?"

Verheißungsvoll deutete er zur Straße. Was war denn das?! Ein Käfer-Cabriolet! In Gold! Traumhaft!

Ich starrte Gregor an. „Spinnst du?" Er las wie so oft meine Gedanken. „Nein, Schatz, alles in Ordnung. Nur gemietet. So ein wunderbar mildes Wetter! Wir zwei machen eine Spritztour, gondeln gemütlich über Land, ich lade dich zu einem feinen Essen ein und…"

Ich fiel ihm um den Hals und direkt in sein Herz. Die Hitzewellen, die ich jetzt spürte, kannte ich noch von früher… nicht nur aus der allerersten Zeit. Wenn die Nachbarn uns jetzt knutschen sahen, erblassten sie vor Neid. Der Käfer verzog seine Stoßstange zum Grinsen, seine Scheinwerfer schielten, die Blechdosen am Auspuff schepperten, er bog sich dreimal durch und hupte: Zeit zum Abfahren.

Ende oder Pause

Valeria Szebinski beim Abenteuerurlaub, von hinten, damit ihre Freundinnen sie nicht erkennen können.

Valeria Szebinski, geb. 1967 in Buttenheim, verheiratet, ein Sohn, BWL-Studium in Berlin, Mitarbeiterin in einer regionalen IT-Firma in Offenbach.

Veröffentlichung: Die Diversität von IT-Engagement in der EU und die Chancen migrationsbedingter multikultureller Interaktionen. (München 2015).

Ihr Roman „Hitzefrei" ist Fiktion, speist sich aber aus vielen Geschichten, die frau mit Zeit über die kritischen Jahre hört.

Kontakt: Facebook „Valeria Szebinski"